オリエント急行を追え

西村京太郎

祥伝社文庫

目次

編集部注・『オリエント急行を追え』は、一九九〇年（平成二年）七月〜十二月に、連載執筆された作品です。左記の年表を参照の上、お読みください。

一九八九年十一月九日　ベルリンの壁崩壊
一九九〇年十月三日　東西ドイツが正式に統一
一九九一年十二月二十五日　ソ連崩壊
一九九四年八月三十一日　ドイツ駐留ソ連軍完全撤退

第一章　再来日の日

1

十月八日の午後一時六分。

ウラジオストクから、ソビエトの貨物船ユージン・オーリア号（一万トン）が、瀬戸内海を通り、徳山《とくやま》工業地帯の一角にある下松《くだまつ》港に入港した。

その船倉には、オリエント急行の優雅な客車が、積み込まれていた。

一九八八年の秋に、初めて、オリエント急行が、パリから運ばれて来て、日本国内を走った。この様子は、テレビ、新聞、雑誌で、報道され、鉄道マニアだけでなく、一般の人たちにも、興奮を呼び起こした。

その興奮を、もう一度ということで、東京の出版社が、JR各社との協賛で、再び、オリエント急行を、呼ぶことにしたのである。

綜合《そうごう》出版社「ジャパン出版」の中に、実行委員会が、作られ、会長には、社長がなったが、実務の責任者には、四十五歳の三崎《みさき》が、起用された。

三崎は、営業部長になったばかりである。

二度目なので、オリエント急行招待のノウ・ハウは、出来ている。第一回の時、招待に当たったテレビ局に行き、三崎は、そのノウ・ハウを、教えてもらった。

現在、オリエント急行の運営に当たっているワゴン・リ社と、イントラフラッグ社も、すぐ、OKをくれた。向こうにしてみれば、日本は、いいお得意と思ったかもしれない。

列車の構成も、前と同じだった。

寝台車　七両
プルマンカー　一両
ピアノバー　一両
食堂車　一両
シャワーカー　一両
荷物車　一両
乗務員用寝台車　二両
列車の部品用貨車　一両
合計十五両で、編成されている。

定員も、前回と同じ九十名で、ヨーロッパ、アメリカ、日本で、それぞれ、三十名ずつを募集した。

旅程は、前回と、少し違った。

パリを出発し、ケルン―ベルリン―ワルシャワ―モスクワ―ノボシビルスク―イルクーツクと、シベリア鉄道を走って、前回は、ここから、ハルビン―北京《ペキン》―香港《ホンコン》と、走って、香港から、貨物船で、日本へ車両が、運ばれたのだが、今回は、中国国内の情勢に不安があるのと、逆に、ソビエトの開放政策が進んで、軍港ウラジオストクまで、観光が許されることになった。

このため、今回は、中国経由を使わず、ウラジオストクまで走り、ここから、車両を、船で、運ぶことにしたのである。

三崎は、パリ出発の時から、列車に乗った。

前回と変わったのは、ヨーロッパの情勢、特に、東ヨーロッパの情勢だった。

前回は、まだ、ベルリンの壁が存在したが、今は、その壁が、消えてしまっている。

そこで、前回は、東ベルリンでは、「オペラ鑑賞」をすることになっていたのだが、今回は、壁の見学に、切り変えられた。

二回目にもかかわらず、応募者が殺到したのは、途中で、激動の東ヨーロッパを、じかに見られる、それも、豪華列車に乗りながらということがあったからだろう。

九月十日に、パリ・リヨン駅を出発したオリエント急行は、九月二十八日に、ウラジオストクに到着した。

ここで、貨物船に、船積みされる。

その間に、三崎は、先に、帰国し、ここまでの状況を社長に報告してから、山口県の下松港に向かった。

船便で、オリエント急行の車両が、送られてくるのを、出迎えるためである。

ここにある日立の笠戸《かさど》工場で、台車（ボギー）を、取り換えるのである。

ヨーロッパは、全《すべ》て、一四三五ミリの軌道《きどう》だが、ソ連の場合は、一五二四ミリなので、ソ連の国境の町ブレストで、台車を交換した。

更に、日本のJR線は、狭軌で、一〇六七ミリなので、また、台車を交換する必要があった。

その作業に、三日間を、見ていた。

今、最初の車両が、船倉から、クレーンで、吊《つ》り上げられるのが、見えた。

2

二両の客車が、相次いで、貨物船から、艀《はしけ》に、積み替えられた。

ブルーの車体と、金色のライン。そして、銀色の屋根が、午後の陽射《ひざ》しを受けて、きらきら光った。

（とうとう、オリエント急行が、日本に、着いたぞ）

と、三崎は、思った。また、

（これから大変だぞ）

と、自分に、いい聞かせもした。

笠戸工場で、台車を取り換え、整備がすむと、試運転が行なわれる。そのあと、日本一周の旅に出るのだ。それが、今年一杯、続くのである。それも、成功させなければならない。

二両の客車を積み込んだ艀は、タグボートで、笠戸工場へ、運ばれて行く。

ふと、三崎の横で、カメラのシャッターの音が、聞こえた。

鉄道雑誌のカメラマンだった。

艀が、笠戸工場の岸壁に着くと、巨大なクレーンが、再び、客車を吊り上げた。

工場の敷地には、すでに、交換のための台車が、用意されている。

作業服に、ヘルメット姿の技術者たちが、自信にあふれた顔で、ゆっくりと、おりてくる客車を、待ち構えた。

ほとんどの技術者が、前回の作業の経験者だったからである。

オリエント急行の車両は、日本の車両より重いので、代車のばねも、強化しなければならない。その作業は、すでに、すんでいる。

予定通り、三日間で、全ての作業が、終わるだろう。そして、オリエント急行が、また、日本の線路を、走るのだ。

三崎は、三日間、近くの旅館に寝泊りすることにした。笠戸工場の技術者は、信頼しているのだが、何が起きるかわからなかったからである。

二日目、三日目と、作業は、確実に、進められていくのが、わかった。

オリエント急行に乗り込む乗務員たちは、飛行機で、すでに、東京に、先まわりしている。

オリエント急行は、明日、十月十一日に、ディーゼル機関車が牽引《けんいん》して、山陽《さんよう》本線に入り、試運転が行なわれる。

そのあと、東京に回送され、盛大なパーティのあと、いよいよ、日本一周に出発することになっていた。

十一日の朝、旅館で朝食をすませてから、三崎は、笠戸工場に向かった。試運転のとき、三崎は、列車に、同乗することにしていた。

笠戸工場の前には、新聞記者や、見物の人々が集まっていた。

今日は、工場内も開放して、オリエント急行を、見せることになっている。いや、なっているはずだった。というのは、時間が来ても、いっこうに、工場の門は、開かなかったからである。

三崎は、通用口から、中に入っていった。

工場内の線路の上に、オリエント急行が、きれいに化粧して、出港を待っている。

だが、牽引するディーゼル機関車、DE10は、どこにも、見当たらなかった。

昨日まで、整備に当たっていた技術者たちも、遠くの方に、ひとかたまりになって、列車を見ているだけである。

三崎は、彼らのところに、走って行った。

「どうなってるんです？　今日は、試運転の日でしょう？　牽引する機関車は、なぜ、まだ来ないんですか？」

大声で、きくと、彼らの中の一人が、当惑した顔で、

「動かすなと、いわれているんです」

「誰が、そんなことをいってるんですか？」

「上から、そう指示があったんです」

「困るよ。今日じゅうに、下松駅に運んで、電気機関車をつけ、試運転を、やってもらわないと困るんですよ。スケジュールは、きっちり、詰まっているんです」

「そういわれても、困りますよ。動かすなと、いわれているし、DE10が、来なければ、動かないし――」

「誰が、決定権を持ってるんです？　私が、話す」

と、三崎は、いった。

理由がわからないので、余計に、腹が立ってくるのだ。

「われわれには、決定権は、ありませんよ」

と、相手は、首をすくめた。

三崎は、いらだち、今度は、列車の方に、走って行った。

濃いブルーの車体が、人が乗るのを待っているのだ。それなのに、なぜ、動かせないのか？

日本の線路を走るために、車体の隅に、日本語で、自重などが、書き込まれている。用意は、全て、整っているのだ。それなのに、なぜ？

三崎は、立ち止まると、ドアを開けて、食堂車に、飛び乗った。

とたんに、中年の男が、顔を突き出して、

「誰だ！」

と、怒鳴《どな》った。

3

「君こそ、誰なんだ？」

と、三崎は、顔を赤くして、怒鳴り返した。

「誰でもいいだろう。この列車は、動かしてはいかん。近づいてもいけないと、いっておいたはずだが」

と、男は、頭ごなしに、いった。

「私は、ジャパン出版の人間で、オリエント急行招待の責任者だ。今日じゅうに、試運転をやって、東京に回送しないと、間に合わないんだよ」

三崎は、男を睨《にら》むようにして、いった。が、男は、まったく、取り合わずに、

「誰だろうと、近づくんじゃない」

と、冷たい声で、いった。

二人の声を聞きつけたのか、もう一人の男が、飛んで来ると、二人で、三崎を、食堂車の外に、放り出した。

二人とも、腕力が強かった。

三崎は、仕方なく、いったん、工場の外に出ると、公衆電話ボックスから、東京のジャパン出版本社に、かけた。

いったい、何が、どうなっているのか、社長に、聞きたかったからである。

しかし、社長は、まだ、社に来ていなかった。他の社員では、三崎よりも、事態は、わからないだろう。

夕食のあと、もう一度、社に電話したが、まだ、社長は、いなかった。

(一日おくれた)

という、あせりが、三崎を、いらだたせる。

明日、試運転できればいいが、それもできないとなると、今度の計画は、大幅に、狂って、会社に、莫大《ばくだい》な損害を与えかねない。

夜になると、三崎は、じっとしていられなくて、笠戸工場に、忍び込んだ。

なぜ、あの列車を動かせないのか、その理由を知りたかったのだ。

警備員の眼をかすめて、列車に近づいた。

ブルーの車体は、昼間よりも、一層、なまめかしく見えた。

(昼間、食堂車に、妙な男がいた。食堂車に、何かあるのだろうか?)

三崎は、そう考え、もう一度、食堂車に入ってみることにした。

ドアを開け、中にもぐり込んだ。

中は、暗い。腰を低くし、すかすようにして、車内を見まわした。

テーブルが並び、椅子《いす》が並んでいる。洒落《しゃれ》た窓のカーテンも、パリからウラジオストクの間で、見なれたものだ。

(どこも、変わってはいないんだが)

それとも、他の寝台車や、プルマンカーが、故障しているのだろうか?

そう思って、他の車両へ行こうとした時だった。

一瞬、眼の前に、閃光《せんこう》が走って、その眩《まぶ》しさに、眼を閉じてしまった。

懐中電灯の光が、一斉に、向けられたのだ。

「捕まえろ！」

と、男の声が、叫んだ。

続いて、二、三人の男が、懐中電灯の向こうから、三崎に、飛びかかってきた。

逃げようがなかった。

三崎は、たちまち、組み伏せられ、後手《うしろで》に、手錠をかけられてしまった。

「立て！」

と、一人が叫び、三崎は、手荒く、引きずり上げられた。

また、二本、三本と、懐中電灯の光が、向けられた。

「昼間の奴《やつ》だ」

と、男の一人が、いった。

「夜になって、取りに来たか」

「仲間がいるかもしれんぞ」

そんな言葉が、男たちの間で、飛びかった。

「君たちは、誰なんだ？」

と、三崎は、身体《からだ》の痛さに、顔をしかめながら、男たちに、きいた。

男の一人が、黙って、三崎の眼の前に、黒っぽい手錠を、突きつけた。

「警察？」

「そうだよ。警察だ」

「なんで、私を、こんな目に遭《あ》わすんだ？　逮捕令状はあるのか？」

「現行犯逮捕だ」

「現行犯？　私が、何をした？」

「夜になってから、こっそり、これを、取りに来たんだろうが」

刑事の一人が、油紙に包んだものを、どさっと、テーブルの上に、置いた。

油紙が破れて、鈍く光る拳銃《けんじゅう》が、のぞいていた。

第二章　トカレフ自動拳銃

1

十月十五日の午後、警視庁捜査一課の十津川《とつがわ》は、友人で、警察庁の外事課にいる佐伯《さえき》から、電話をもらった。

同期で、警察に入り、一緒に、インターポールの研修にも行ったことがあったが、最近は、お互いに忙しく、電話することも、めったになかったのである。

「ぜひ、今日、会いたい」

と、佐伯は、いった。

「じゃあ、夕食でもどうだ？　おれが、おごるよ」

と、十津川は、いった。

二人は、午後六時に、新橋《しんばし》の日本料理の店で会った。わざわざ、静かな座敷を取ったのは、佐伯が、大事な話があると、いったからである。

ひと通り、食事がすむと、佐伯は、襖《ふすま》を閉めておいて、

「おれは、明日から、旅行に出かける。一週間の予定だが、もっと、延びるかもしれない」

と、緊張した声で、いった。

「ただの旅行じゃないみたいだな」

「それを、聞いてもらいたいんだよ」

「秘密の任務なら、おれに話したりしてはいけないんじゃないのか？」

「いや、君にだけは、話しておきたいんだ」

と、佐伯は、いい、一息ついてから、

「今、日本に、オリエント急行が来ているのは、知っているだろう？　二度目の来日なんだ」

「知っている。東京駅のセレモニーは、賑《にぎ》やかだったそうじゃないか。うちの亀井《かめい》という刑事の息子さんが小学生で、これが、鉄道マニアなんだ。連れて行ってくれと、せがまれて弱っていたよ」

「列車は、九月十日にパリを出発し、シベリア鉄道を、延々と走り、ウラジオストクからは、船積みされて、十月八日に、山口県の下松港に、運ばれた。ここの工場で、台車の交換や、修理などを行なうためだよ。ところが、食堂車の天井板の鋲《びょう》が、二つ外れていたので、板を外したところ、丸屋根との間に、百丁の拳銃が隠されているのが、発見された。

ソビエトのトカレフ自動拳銃で、一千発の実弾も一緒だった。それと、なぜか、ひからびた大人の左手首が見つかった。ほとんど、白骨化した左手だよ」

「山口県警で、何か事件が起きたらしいという噂《うわさ》は聞いているが、その後、何も聞こえて来なくてね。世間に、公表もされなかったからね」

「ああ、そうなんだ。最初、山口県警は、このことを内密にしておいて、百丁の拳銃と、実弾を、取りに来る人間を、逮捕しようとした。十月十一日の夜になって、男が、工場に忍び込んで、列車に近づき、食堂車にもぐり込んできたので、逮捕した。今度のオリエント急行を招致した出版社の実際上の責任者で、三崎という男だった」

「その男が、受取人だったのか？　いや、それなら、もう、公表されているね」

と、十津川は、いった。

「その通りだよ。どうも、この三崎という男は、ただ単に、オリエント急行の運用計画がおくれるのを心配して、工場に忍び込んで、車両を、実検しようとしただけのようなんだ」

「この件と、君の旅行と、どんな関係があるんだ？」

と、十津川は、きいた。

佐伯は、お茶を一口飲んでから、

「食堂車の天井を、更にくわしく調べたところ、妙なものが、見つかった。手紙なんだ。

奇妙な手紙でね。英語で書かれ、宛名《あてな》は、松井勝彦《まついかつひこ》氏になっていた」

「松井勝彦というと、まさか――」

「そのまさかなんだ。今年の八月に亡《な》くなった元国務大臣の松井勝彦氏だよ。封筒の住所は、間違いなく、松井氏の住所だからね」

「その手紙の内容は？」

「要約すると、お申し出の品物を、シベリア経由で、送るといった内容なんだ。この手紙は、たぶん、百丁のトカレフ自動拳銃の包みに、添付されていたものだろう」

「ちょっと待ってくれ。元国務大臣の松井さんがトカレフ自動拳銃なんかを、送らせるはずがないだろう？」

「おれも、そう思うよ。だがね、その手紙には、松井氏の名刺もついていたんだ。その名刺には、英語で、こう書いてあった。『この名刺を持つ人物に対して、格別の配慮を願いたい』とね。宛名は、日本法務局及び、警察各位だ。この筆跡は、間違いなく、松井氏本人のものと、確認されたよ」

「それで、問題の手紙の差出人の名前は？」

と、十津川は、きいた。

「名前は、K・ジェームズとなっている」

「どこのK・ジェームズか、わかったのかね？」

「いや、まったくわからない。松井氏が生きていれば、きくことができるんだが、亡くなってしまっているしね。松井氏の秘書だった人も、知らないと、いっている」

「それで、君は、何をするんだ？」

「拳銃と、この手紙、それに、左手首は、パリからウラジオストクの間で、何者かが、食堂車の天井に隠したに違いないんだよ。あの列車は、ベルギーの工場で、整備してから、パリに回送されて、出発したんだが、この時は、食堂車の天井には、何もなかったといっているからね」

「拳銃と、手紙などが、パリ―ウラジオストク間の何処《どこ》で、誰によって、積み込まれたか、君が、調べに行くのか？」

「そうだ。それも、内密に調べろといわれている。日本の元国務大臣が、オリエント急行の招致を利用して、拳銃を密輸しようとしたなどと、外国に、知られたら、国辱ものだからね」

「しかし、パリからウラジオストクまで、二万キロ近いだろう？」

「そうだ」

「君一人で、大丈夫なのか？」

「現地の大使館や、領事館も、協力してくれることになっているが、正直にいって、自信はないね。だが、誰かが、行かなければならないんだ」

「それで、おれには、何をしてほしいんだ?」

と、十津川は、きいた。

2

「日本の受取人のことだよ」

「三崎という男は、シロだと、いったね」

「山口県警は、まだ、未練があって、工場への不法侵入ということで、留置しているが、これは、口止めの意味もあるんだ。その証拠に、山口県警の刑事二人が、日本一周のオリエント急行に、乗り込んでいる。招待客としてね」

「それなら、おれのやることは、ないだろう?」

「君には、大変だろうが、松井氏の周辺を調べてもらいたいんだ。それも、内密にね」

「内密に?」

「うちの長官から、警視庁の総監に、依頼があるはずだ。おれは、君を、推薦しておいた」

「内密に調べるというのは、難しいね」

「だが、絶対に、表沙汰《ざた》には、できないんだよ。おれも、表向きは、休暇を取って、観光旅行に出かけるということになっている」

と、佐伯はいった。

「マスコミの動きは？」

「今のところ、気づいた気配はないが、今後のことは、わからない。笠戸工場の技術者が、拳銃を発見したんだが、口止めはしているし、手紙のことは、知らないからね」

と、佐伯は、いった。

「気をつけて、行って来てくれよ。無茶はしないように」

十津川は、佐伯の顔を見て、いった。

佐伯は、大学時代から、秀才の誉《ほまれ》高かった。それだけに、自らを頼むところも、大きい男である。危険を承知で、無茶をやる可能性が、あった。

だが、佐伯は、ニヤッと、笑って、

「おれだって、妻もいれば、子供もいる。無茶はしないよ」

と、いった。

翌日、十津川は、上司からの指示を待った。が、何の話もなかった。

佐伯は、嘘《うそ》をつくような人間ではない。十津川に、捜査協力を頼むように、上から話すことになっていると、佐伯がいったのは、本当だろう。

だが、それが、急に、立ち消えになったのだ。

理由は、想像がついた。

松井勝彦の周辺を調べるのは、まずいという判断が、上のほうで、働いたに違いない。

先々月に死亡したといっても、元国務大臣だし、彼の息子が、父の地盤を継いで、代議士になっており、新人といえども、政界で、力を持っている。

拳銃の密輸の疑いで、調べるというのは、やはり、まずいという結論になったのだろう。

（佐伯の奴《やつ》、これで、一層、大変だな）

と、十津川は、佐伯に、同情した。日本国内で、応援してやれないとなれば、佐伯は、海外で、孤軍奮闘するしかなくなるからである。

佐伯は、向こうでは、大使館や、領事館が、協力してくれると、それに、期待しているような口ぶりだったが、そういうところは、日本の政府の意向を気にするはずである。

今、日本の首相は、松井勝彦と、同じ派閥の人間である。その松井の陰の部分を、あばきかねない捜査に、各国にいる大使館の人間や、領事館の人間を、協力させるだろうか？

むしろ、傍観させるのではないか？

オリエント急行のほうは、無事に、日本を、まわっている。

二回目にもかかわらず、どこでも、人気が高く、人が集まっているらしい。オリエント急行は、日本では、有名ブランドの一つだからだろう。

テレビが、その歓迎の様子を、伝えている。が、もちろん、トカレフ拳銃のことも、白骨化した手のことも、そして、手紙のことも、一言も、報道されなかった。

山口県警の刑事が、一般の乗客に混じって、乗っているはずなのだが、警視庁には、まったく、連絡して来なかった。ひょっとすると、山口県警も、どこからか圧力が掛かって、張込みをやめてしまったのかもしれない。

オリエント急行は、青函《せいかん》トンネルを抜けて、北海道に渡り、道内を一周していた。秋の北海道である。ブルーの車体、シルバーメタリックの屋根が、紅葉に映《は》えている。

それもすむと、オリエント急行は、再び、本州に戻った。

一週間が過ぎた。

十月二十四日、オリエント急行は、本四連絡橋を通って、四国に渡った。

十津川が、急に、副総監室に呼ばれたのは、その日の夕方だった。

部屋には、警察庁の国際部長がいた。佐伯の上司である。

そのことに、十津川は、不吉なものを感じた。

「今、彼が話してくれたんだが」

と、尾形《おがた》副総監は、ちらりと、国際部長に眼をやってから、

「佐伯警部が、行方不明になっているそうだよ」

「行方不明というのは、どういうことでしょうか？」

と、十津川は、不安が的中したのを感じながら、きいた。

「私が、説明しよう」

と、警察庁の国際部長の新田《にった》が、引き取る形で、

「佐伯君が、オリエント急行の件で、出かけていたことは、知っているはずだ。彼は、パリから、オリエント急行の走ったルートを、調べると、いっていた。東京への連絡は、毎日、必ず行なうことになっていて、彼は、忠実に実行していたんだが、ここ三日、まったく、連絡が、途絶えてしまっているんだよ」

「こちらからは、連絡の仕様がないんですか？」

と、十津川は、きいた。

「行方不明なんだ」

と、新田は、怒ったような声を出した。

「最後に連絡して来たのは、どこからなんですか？」

「ベルリンだ。ここから、彼は、三回、連絡してきた」

「すると少なくとも、三日間は、ベルリンにいたことになりますね？」

「その通りだよ。三日間いたことは、わかっている。その後、突然、行方不明になってしまったんだ」

「ベルリンで、何か見つけたんでしょうか？」

「それは、わからないが、彼は、ベルリンに、しばらく、とどまるつもりだといってい
た。理由は、こういうことだと思う。トカレフは、ソビエトの軍用拳銃だ。それが、大量
に用意できるのは、ソビエト軍か、或《ある》いは、ワルシャワ条約軍、そして、中国軍などだ
が、今、ベルリンの壁が崩壊し、ワルシャワ条約軍は、解体しかけている。いらなくなっ
た戦車を、ぶっこわしているとすれば、東ドイツ軍の兵隊か、他のワルシャワ条約軍の兵
隊が、金欲しさに、トカレフ百丁を、実弾つきで、売り飛ばしたことが、考えられる。た
ぶん、そう考えたから、ベルリンに、とどまっていたんじゃないかとね」

と、新田は、いった。

「それで、私に、何をしろといわれるんですか？」

十津川が、きくと、今度は尾形副総監が、

「わかっているはずだ」

「佐伯を、見つけて来いと？」

「そうだ」

「しかし、佐伯は、警察庁の人間でしょう？　なぜ、警察庁が、探しに行かないんです
か？」

と、十津川は、きいた。

「理由は、二つある」

と、いったのは、警察庁の新田国際部長だった。十津川は、黙って、彼の顔を見つめた。新田は、むしろ、事務的な口調で、

「この事件には、最初から、圧力がかかっている。それを承知で、佐伯君を調査に行かせた。ここで、もう一人、警察庁から、刑事を、やるわけにはいかない。もう一つの理由は、君が、彼と昔からの友人で、彼のことがよくわかっているに違いないからだ」

と、いった。

第三章　偽装

1

「ただ、佐伯を見つけて、連れて帰れば、いいんですか？」

と、十津川は、きいた。

「その通りだ。君まで、行方不明になっては困るからね」

と、いったのは、尾形である。

「それだけのことなら、向こうの日本大使館なり、領事館に頼まれたらいかがですか？　探すだけなら、別に、秘密を打ち明けなくても、やってくれるんじゃありませんか？」

「大使館員や、領事館員の説得で、彼が、おとなしく、帰国すると思うかね？　それに、彼らが、真剣に、佐伯を探してくれるかどうかもわからん。何しろ、今は、東欧の情報収集で、連中は、大忙しだろうからね」

と、新田は、いう。

それは、当たっているかもしれなかった。

今、外務省も、その出先機関も、激変する世界情勢の把握に必死だ。特に、ヨーロッパである。

ソビエトは、どうなるのか。完全なドイツ統一は、いつになるのか。その他の東欧の行方は？　そんなことで、忙殺されている外務省の出先が、真剣に、佐伯の行方を探してくれるとは、十津川にも、思えなかった。

「わかりました」

と、十津川は、いった。

「行ってくれるんだね？」

尾形が、確認するように、きいた。

「語学に堪能な部下を一人、連れて行きたいのです。私は、英語は何とかわかりますが、ドイツ語も、フランス語も、ロシア語も、わかりません」

「心当たりがあるのかね？」

「ないこともありません。もう一つ、お願いがあります」

「どんなことだね？」

「向こうへ着いてからは、私の思う通りに行動させてほしいのです。それは、許可して頂けますか？」

「いちいち、報告はしないということかね？」

「臨機応変《りんきおうへん》ということにして頂きたいのです。佐伯に、何かあったとすれば、私に、何が起きるかわかりません。その時、いちいち、指示を仰《あお》いでいたのでは、間に合いませんので、私の思い通りに動くのを許可してほしいのです」

と、十津川は、いった。

尾形は、新田と顔を見合わせていたが、

「他に、何か、いいたいことが、あるかね？　あれば、今のうちに、いっておいてもらいたいが」

と、十津川を、促《うなが》した。

「日本での担当として、私の部下の亀井刑事を、当てたいと思います」

「国内？　佐伯が、行方不明になったのは、ドイツでだよ」

と、新田が、いった。

「その通りですが、今度の事件は、日本人が関係しており、日本国内のことも、気になります。従って、絶えず、日本の情勢も、掴《つか》んで、向こうで行動したいのです」

「しかし、十津川君。日本での捜査は、禁止されているんだよ」

尾形は、難しい顔で、いった。

「わかっています。亀井刑事も、その点は、心得ているはずです」

「それなら、亀井刑事には、何をさせるつもりなんだね？」

「国内事情が、急変した時、すぐ、連絡してほしいわけです」

「つまり、連絡係として、刑事一人を、フリーにしておきたいというわけだね？」

「その通りです」

「それならいいだろう」

「ありがとうございます」

と、十津川は、いった。

「他に、何かあるかね？」

と、新田が、きいた。

「私は、向こうで、日本の警察の人間として行動したり、インターポールの援助を受けたりすることは、できないと考えたほうが、いいわけですね？」

と、十津川のほうから、きいた。

「その通りだ。何しろ、日本の政府関係者が、関係しているかもしれない事件だからね」

「とすると、私と、もう一人は、個人として行動せざるを得ません」

「難しいことは、わかっているよ」

「しかし、観光目的で、向こうへ行ったのでは、自由な行動が、取れないし、聞きまわれば、怪しまれます。そこで、できれば、マスコミの人間ということにしたいのですが、できませんか？」

「マスコミの人間？」

「もちろん、大新聞や、大出版社の記者というわけにはいかんでしょうが、幸い、海外の人間は、日本のマスコミ事情に詳しくないと思います。そこで、小さな出版社を作って、そこの記者として、激動するヨーロッパを取材するということで、行くことにしたいのです」

「それは、君のやりたいようにしたまえ」

と、尾形は、いった。

2

十津川は、一人になると、大車輪で、動きまわった。

まず、同行させる刑事として、若い日下《くさか》を選んだ。彼が、ドイツ語と、フランス語に堪能だったからである。ロシア語にも通じていれば、一番いいのだが、そこまで望むのは、欲張りすぎだろう。

十津川は、日下と亀井の二人を、応接室に呼び、彼らだけに、今度のことを、話した。

「すると、私は、日本に残って、連絡の役目だけをすれば、いいんですか？」

と、亀井は、不満気に、十津川を見た。

十津川は、笑って、

「そんなことだけで、カメさんを、連絡係にはしないよ」

「というと、松井元国務大臣の身辺を洗うということですね？」

と、亀井は、眼を輝かせた。

「行方不明の佐伯は、私に、松井勝彦の身辺を調べてくれと頼んでから、出かけたんだが、その捜査は、上から、押さえられてしまった。だが、私は、絶対に、関係があると思っている。今度の事件は、海外と、日本の両方にまたがっていると思うからだよ」

「やりましょう」

「だが、調べていることがわかれば、危険だよ。下手《へた》をすれば、馘《くび》も覚悟する必要がある」

「わかっています」

と、亀井は、微笑した。

「私と、警部は、マスコミ関係者ということで、行くそうですが、どこの出版社に、話をつけたんですか？」

と、日下が、きいた。

「どこの出版社とも、話をつけたりはしないさ。そんなことをすれば、その出版社が、何事かと勘ぐって、調べてくるからね」

「すると、出版社を、作りあげるんですか？」

「もう、作ってある。『ジャパン・トゥディ』という出版社だ」

「そんな出版社が、あるんですか？」

「あるよ。これが、電話番号だ。かけてみたまえ」

と、十津川は、自分の手帳に、電話番号を書いて、日下に渡した。日下はそれを見て、応接室の隅にある電話で、かけていたが、戻ってくると、

「確かに、女の人が出て、ジャパン・トゥディ社だと、いいました」

「そうだろう」

「どうなってるんですか？」

「それは、家内さ。さっき、電話して、ジャパン・トゥディ社にしたからと、いっておいたんだよ」

「しかし、この電話番号は、警部の自宅と違うんじゃありませんか？」

「家内も、仕事を持っているんで、もう一本電話を引いてあるんだよ」

と、十津川は、いってから、

「今日じゅうに、ジャパン・トゥディ社の二人の名刺も、刷《す》ってもらうことにしてある」

と、日下に、いった。

「私たちは、警察の人間としては、行動できないとすると、休暇を取って、行くことにな

りますか？」

「そうなるね。私と君は、とりあえず、十日間の休暇を取ることになる」

と、十津川は、いった。

この日、十津川は、亀井と、久しぶりに、新宿《しんじゅく》で、夕食を一緒にした。

「出発は、明日ですか？」

と、亀井は、鍋《なべ》を突つきながら、十津川に、きいた。

「明日の午後一時発のＪＡＬで、成田《なりた》を発《た》つことになっている。フランクフルト行だ。佐伯は、オリエント急行のスタート地点だったパリから調査を始めたから、私も、そうしたいんだが、時間がないからね。まっすぐ、ベルリンへ行ってみる」

と、十津川は、いった。

「佐伯警部は、どうなったと思われますか？」

「わからん」

と、十津川は、いった。

「しかし、連絡がまったくないということは、或いはと思われているんじゃありませんか？　私は、別に、佐伯警部の最悪の事態を予想しているわけじゃありませんが、同じように、警部にも、危険があるのではないかと、思いましてね」

「危険なら、むしろ、カメさんのほうだよ」

「私のほうがですか?」

亀井は、びっくりした顔をして、箸《はし》を止めた。

「そうさ。松井勝彦が、拳銃の密輸に関係しているかどうかは、わからない。だが、もし、関係していれば、カメさんが、身辺を調べると、当然、妨害に出てくる。刑事一人の命くらい、何とも思わないかもしれないよ」

と、十津川は、いった。

「警部。脅さないでくださいよ」

「脅したくはないんだが、カメさんにだって、危険は、わかっているはずだよ。もし、危険がなければ、若い刑事に頼むよ。危険があるし、それが、どんな危険か想像がつかないので、カメさん以外に、頼めなかったんだ」

「信頼してくださって、ありがとうございます」

と、亀井は、生真面目《きまじめ》に、いった。

「カメさん。飲もうか」

と、十津川が、急に、いった。

「いいんですか? 警部は、飲めないはずなのに」

「少しなら、飲めるよ」

と、十津川は、いった。

ビールを注文し、亀井と、飲んだ。

アルコールに弱い十津川は、すぐに、顔が赤くなった。が、酔った気分にはならなかった。

佐伯のことがあるからだった。今のところは、行方不明になっているが、十津川は、彼が、死亡したのではないかと、考えていた。友人の死を願うわけではないが、それを覚悟はしておかなければならないと、思っているのだ。

それは、同時に、これから、ベルリンに向かう自分と、日下刑事の危険でもあった。ベルリンの壁が崩壊した今、東ベルリンへの通行も、自由にはなったといっても、逆に、混乱からくる危険は、増大しているかもしれない。

（ひょっとすると、カメさんと話をするのは、これが、最後になるかもしれないな）

ふと、そんな思いが、十津川の頭を、かすめた。

亀井も、たぶん、十津川のそんな気持ちを、感じ取ったとみえて、急に、座り直すと、

「今日は、私は、酔いますよ」

と、いい、日本酒を、何本も、取り寄せた。

「大丈夫かい？　カメさん」

と、十津川は、心配して、きいた。東北に生まれ育った亀井は、十津川と違って、酒は強いほうだが、何といっても、もう、若くはない。

亀井は、笑って、

「酔っ払ったら、警部に、介抱してもらいますよ。いけませんか？」

「いけなくなんかないさ」

「じゃあ、安心して飲みますよ」

「私も、飲めるといいんだが――」

「本当ですよ。飲めるようになってください」

「今からじゃ無理だ。その代わり、私が、酌をしよう」

と、十津川は、徳利《とっくり》を手に取った。

亀井は、宣言した通り、無茶呑《の》みをして、酔っ払ってしまった。

亀井が、十津川の前で、酔っ払ったのは、初めてだった。

十津川は、泥酔した亀井を、タクシーに乗せて、彼の家まで送り届けてから、帰宅した。

午後十一時をまわっていたが、玄関のところに、「ジャパン・トゥディ社」と書かれた看板が打ちつけてあった。

妻の直子《なおこ》が、早速、作ってくれたのだ。

十津川が、玄関に立ったまま、しばらく、眺めていると、ドアが開いて、直子が、顔を出した。

「足音がしたから、お帰りになったと思っていたのに、いつまでも、入っていらっしゃらないから、どうしたのかと思って」

と、直子が、いった。

「君が作ってくれた看板を見ていたんだ」

「気に入った？」

「ああ、気に入ったよ。私が帰ってくるまで、ジャパン・トゥディの社員でいてほしいね。どこから、電話があるかわからないから」

「社員で、社長で、受付ね」

「ああ、そうだ」

「佐伯さんは、見つかると思う？」

「中に入って、話そう」

と、十津川は、いった。

第四章　出　発

1

翌十月二十五日。

朝から、小雨が降っていた。十津川は、作り上げた名刺を受け取り、日下刑事と、成田空港に向かった。

亀井一人が、送ってくれた。内密の出国だから、これも、当然だった。

出発の二時間前に、空港に着いた。日下が、搭乗手続きをしてくれている間、十津川と亀井は、出発ロビーの喫茶室で、話し合った。

「警部から頼まれた松井勝彦の身辺調査のことですが――」

と、亀井は、遠慮がちに、いった。

「難しいことは、わかっているよ。何しろ、カメさん一人で、しかも、上には知られずに、やってもらいたいのだからね」

と、十津川は、いった。その無理を承知で、頼むとしたら、やはり、亀井しかいないのだ。彼は、今まで、弱音を吐いたことはなかったのだが、その彼が、不安な顔をしている。

「西本《にしもと》刑事や、清水《しみず》刑事を、使ってはいけないわけでしょう?」

と、亀井が、きいた。

「わかっているはずだよ。カメさん」

「そうです。わかっています。連中には、何も話してはいけないこともです。昨夜、酔いがさめてから、ずっと、考えていました。今度のような難しい任務を、自分一人で、遂行《すいこう》できるだろうかとです。だんだん、自信がなくなりました」

「カメさんらしくもないじゃないか」

「事実を認めただけです。それで、警部。私は、民間人を一人、使いたいと思うのです。彼には、何も話しません。ただ、松井勝彦のことを、調べてもらいます。ただの調査としてです。万一、彼が捕まったとしても、依頼人の名前は、絶対に、口外しないと思います」

「そんな便利な人間がいるかね?」

「一人います。警部も、知っている男です」

と、亀井が、いった。

十津川は、すぐ「ああ」と、うなずいた。

「橋本《はしもと》君か」

「そうです。彼なら、大丈夫です」

「わかった」

と、十津川は、うなずいた。橋本は、元、捜査一課の刑事で、十津川の下で働いていた若者だった。それが、恋人を殺され、犯人の男たち四人に、復讐《ふくしゆう》したのである。彼らを殺しはしなかったが、重傷を負わせた。明らかに、私刑《リンチ》ということで、橋本豊《ゆたか》は、二年の刑に服した。その後、私立探偵を、始めている。いささか、感情に走りやすい点があるが、信頼のおける男だった。

「構いませんか？」

と、亀井が、きいた。

「いいよ。ただ、絶対に、秘密は守ってくれ。それと、橋本君は、今は、民間人だから、調査費を、払わなきゃならん」

「それは、私が出しておきます。警部が、お帰りになったら、半分は、持って頂きますが」

と、亀井が、いった。

「それじゃあ、無事に帰って来ないわけにはいかないな」

と、十津川は、笑った。

手続きをすませた日下が、二人のところに、戻って来た。

「フランクフルト行のJALは、三十分ほど、遅れるそうです」

と、日下が、十津川に、報告した。

「理由は？」

「ただ、点検のためとしか、いいません」

「あまり、幸先《さいさき》がよくないな」

十津川は、苦笑して、いった。

三十分して、十津川は、日下と、搭乗ゲートに向かって、歩き出した。

同じ飛行機の乗客は、大半が、日本人だった。団体客が多く、そのうちの一つは、ベルリンの崩された壁を見物しに行く団体だった。

十津川と、日下の目的は、一応、取材になっている。

「激動する東欧の取材です」

と、十津川は、係官にいった。その言葉を、信じたかどうかわからないが、相手は、無表情に、出国のスタンプを押した。

十津川たちを乗せたフランクフルト行のJAL407便は、三十五分おくれて、飛び立った。

2

雨雲を突っ切って、急上昇すると、急に、窓の外が、明るくなった。

水平飛行に移り、禁煙と、ベルト着用の明かりが消えると、急に、機内が、ざわついてくる。

十津川は、煙草《たばこ》に火をつけた。

「フランクフルトまで、十二時間でしたね？」

と、日下が、確かめるように、きいた。

「ああ、十二時間だ。北極圏を通るらしい。着くのは、一七時とあったが、三十分は、おそく着くんじゃないかな」

と、十津川は、いった。

食事が出たり、映画が上映されたりしたが、なかなか、時間は、たたない。

旅なれた乗客は、アイマスクをして、眠ってしまったが、十津川は、なかなか、眠れなかった。

トイレに立った日下が、座席に戻ると、小声で、

「団体客が、ベルリンの壁を土産《みやげ》に帰ってくるんだと、いっていましたよ」

「われわれも、そんな旅なら、楽しいんだがね」

と、十津川は、苦笑した。

「ベルリンの壁は、まだ、残っているんですか？　全部、取りこわされてしまったんじゃありませんか？」

「一メートルぐらいの厚さがあるそうだから、全部、こわすのは、大変だろう。私が、先日、テレビのニュースで見たのでは、日本円で五百円で、金槌《かなづち》と、ノミを貸してくれるらしい。それで、壁をこわして、お土産として、持ち帰れるんだそうだ」

と、十津川は、いった。

あの壁は、作る時は、とにかく、頑丈にということで、軍用コンクリートを使ったと、聞いたことがある。そのため、いざ、こわそうとなると、こわすために、金がかかって大変らしい。

人間というのは、結局、バカな生き物なのだと、思う。壁の他にも、軍縮で、戦車が削減されたが、あまりにも頑丈に作られているので、こわすのに、費用がかかり過ぎて、困っていると、新聞に出ていた。壁は、もう、作られることはないだろうが、戦車のほうは、相変わらず、より頑丈に、毎年、何千両と、作られているのだ。

「少し、眠っておこう」

と、十津川は、日下に、いった。

3

うとうととして、身体《からだ》を揺すられて、眼を開いた。

気流が悪いのか、機体が、小きざみに揺れている。窓の外に眼をやると、明るく、太陽が当たっているのだが、下方は、雲の層が、厚く見えた。

じっと、眼を凝《こ》らしていると、厚い雲の切れ間から、陸地が見える。どうやら、北極圏を通過して、ヨーロッパ大陸に、入ったようである。

十津川は、自分の時計を、八時間、おくらせた。ドイツは、日本と、八時間の時差があったからである。

機体の振動が少なくなった。スチュアーデスが、食事を運び始めた。

十津川は、食欲がわかず、大半を残してしまったが、若い日下は、残らず食べている。こんな時、十津川は、年齢というものを、感じてしまう。

十津川は、また、うとうととし、眼ざめると、機内のアナウンスが、ドイツ領に入ったことを告げていた。

定刻より、十五、六分おくれただけで、フランクフルト空港に、着陸した。

こちらは、快晴で、午後五時を過ぎているが、まだ、明るかった。

「着きましたね」

と、日下が、緊張した顔で、いった。

「ドイツ語は、君に頼むぞ」

「それが、あまり使っていなかったので、自信は、ありません」

「何とかしてくれよ」

と、十津川は、日下の肩を叩《たた》いて、立ち上がった。

JALから降りたので、当然、日本人が多いのだが、空港には、東洋人や、黒人も、多かった。観光客というより、出稼ぎに来ている外国人なのだろう。

フランクフルトは、ドイツの空港だから、一歩、降りれば、ドイツ語の洪水だろうと、思っていたのだが、十津川の周囲で聞こえるのは、日本語だったり、英語だったり、中国語だったりする。

税関は、簡単だった。そのことが、緊張のなくなったヨーロッパという感じである。

(しかし、佐伯は、行方不明になっているのだ)

と、十津川は、自分に、いい聞かせた。

機内で一緒だった日本人の団体客は、直接、ベルリンには行かず、今日は、フランクフルトを観光するらしく、空港から、大型バスに乗り込んでいく。

十津川と、日下は、空港内で、ドルを一部、マルクに替えてから、タクシーに乗り、中央駅に向かった。列車で、ベルリンに、行くつもりである。

空港から、十分ほどで、中央駅に着いた。まるで、大きな教会のような感じの駅である。

古い、ドーム型の駅なのだ。

日下が、ベルリンまでの切符を買った。最初は、うまく彼のドイツ語が、通じないようだったが、窓口で、やりとりをしているうちに、口調も、滑《なめ》らかになってきたらしい。

中央駅からは、ドイツ国内だけではなく、フランスや、オーストリアへの、国際列車も出ている。

パリでも、そうだったが、この中央駅でも、改札口はない。何となく、間の抜けた感じで、十津川たちは、ホームを歩いて行き、ベルリン行きの急行列車に乗った。全体に、丸い感じで、白い車体に、赤いラインの入った列車である。

乗ってすぐ、発車した。

大男の車掌が、車内検札にまわってきた。駅に、改札口がない代わりに、車内検札は、厳重にやるのかもしれない。

十津川は、日下に、食堂車がついているかどうか、きいてもらった。飛行機の中では、出された機内食を、残してしまっていたのだが、地上に降りて、急に、腹がすいてきたのだ。

食堂車がついているということなので、十津川と、日下は、通路を、歩いて行った。

食堂車には、四、五人の乗客がいるだけだった。

二人は、向かい合って腰を下ろした。窓の外には、夕暮れが近づき、なだらかな丘の向こうに、太陽が、沈もうとしていた。

十津川は、酒は弱いほうだが、ドイツに着いたのと、緊張をゆるめるために、ドイツビールを、飲むことにした。といっても、日下と二人で、ビールの小びんを、一本ずつである。

食事は、シチューを主にした簡単なドイツ料理だった。

十津川も、日下も、妙に、寡黙《かもく》になっていた。ベルリンに入ってからのことが、重くのしかかっているからだった。

これまでなら、東ドイツ領に入ったところで、東ドイツの出入国検査官が、乗り込んで来るのだろうが、この十月三日に、東西ドイツが、正式に統一された今は、それもなく、いつの間にか、かつての、国境を越えてしまった。

深夜に、ベルリンに着いた。

佐伯が泊まっていたのと同じベルリンプラザホテルに、予約しておいたので、二人は、タクシーで、そこに向かった。

西ベルリン地区にあるホテルである。いや、昔の西ベルリン地区と、いったらいいのか。

問題の壁までは、歩いて行ける近さだということだった。

中型のホテルである。ロビーには、ここでも、何人か、日本人の姿があった。

十津川は、フロントで、手続きをすませたあと、英語で、

「ここに泊まっていたサエキという日本人のことを、覚えているかね？」

と、きいてみた。

口ひげを生《は》やした、四十歳くらいのフロント係は、「ミスター・サエキ？」と、きき返してから、

「ああ、覚えていますよ」

「行方不明になったと聞いているんだが、どうなのかね？」

「お客さんは、なぜ、そんなことを、きくんですか？」

と、フロント係は、眉《まゆ》を寄せて、きき返した。

十津川は、裏に、英語で印刷した名刺を、相手に、渡した。

フロント係は、それを見て、

「ジャーナリスト？」

「そう。日本で、雑誌を出している。ベルリンで行方不明となった日本人のことを、調べたくて、やって来たんだ」

と、十津川は、いった。

「私は、あまり、ミスター・サエキのことは、知りませんよ」

フロント係は、急に、用心深い喋《しゃべ》り方になった。

「ここの警察は、調べてくれたんだろうか？」

と、十津川は、きいた。

「さあ。私は、知りません」

と、フロント係は、手を振った。

十津川は、今日は、それ以上、突っ込むのをやめて、部屋に入ることにした。

エレベーターに乗ったところで、日下が、小声で、

「警部は、もう、このホテルで、要注意人物になりましたよ。フロント係が、ドイツ語で、あの日本人には、注意したほうがいいと、話し合っていましたからね」

と、いった。

第五章　私立探偵

1

日本は、ドイツより、八時間早い。

十津川たちを、成田空港で、見送った後、亀井は、新宿のビルの中にある橋本豊の事務所を、訪ねていた。

小さな事務所である。それが、恥ずかしいみたいな顔をして、橋本は、亀井を迎えた。

「今日は、君に、頼みたいことがあってね」

と、亀井は、いった。

橋本は、自分で、一生懸命に、インスタントコーヒーをいれながら、

「十津川警部は、お元気ですか？」

「ああ、元気だよ。実は、警部も一緒に来るはずだったんだが、急用があって、来られなくてね。本当は、警部の頼みでもあるんだよ」

「そうですか」

と、うなずきながら、橋本は、不器用な手つきで、テーブルに、二つのコーヒーカップを置き、インスタントコーヒーを、注《つ》いだ。

（相変わらず、不器用だな）

と、亀井は、思い、そのことに、ほっとしていた。

橋本は、生き方も、不器用だった。器用だったら、刑務所に行くこともなかったろうし、警察を、馘首《かくしゅ》されることもなかったはずである。そんな性格が、亀井は好きだったし、信頼もしていたのだ。

「どんな仕事ですか？」

と、間を置いて、橋本が、きいた。

「その前に、こちらの条件を聞いてほしいんだよ。非常に勝手な条件なので、嫌なら、断わってくれて、いいんだ」

「まさか、悪《わる》の片棒を担ぐようなことじゃないでしょうね？」

「そんなことを、十津川警部が、君に頼むはずがないよ」

と、亀井は、いった。

「それなら、構いませんよ。どんなことでも」

「まあ、とにかく、こちらの条件を聞いてくれ。頼んだことに、理由をきかないこと。もう一つ、絶対に、内密で、やってもらいたいこと。どうだね？」

「そんなことですか」

と、橋本は、笑って、

「どうぞ、何をすればいいか、おっしゃってください」

「安請け合いはしないでくれよ。もし、君の調査が問題になった時、われわれは、否定する。君を助けられない。それでも、いいかね？」

亀井は、重ねて、いった。

「それも、構いませんよ。あとでいわれるのは嫌ですが、先に、いってもらっていれば、どういうこともありません」

と、橋本は、ニッコリした。

亀井は、コーヒーを、口に運んだ。

「それでは、君にやってもらいたいことをいう。君は、松井勝彦という名前を、知っているかね？」

「マツイ？」

「元国務大臣で、いろいろと、噂のあった政治家だよ」

「それなら、知っています」

「彼のことを、調べてもらいたい。彼についてなら、何でもいい。彼の交友関係、女性問題、家族のこと、あらゆることだ」

「本当に、わかったのかね？」

「わかりました」

「本来なら、なぜ、松井のことをと、調べる理由をおききするところですが、お約束ですから、やめておきます」

と、いって、橋本は、微笑した。

「それでいい」

「ちょっと待ってください」

と、橋本はいい、日本紳士録を取り出して、その中から、松井勝彦の項を開いて、見ていた。

「何をしているんだ？」

と、亀井が、きいた。

「何か、松井勝彦のことを、私立探偵の僕が、調べる理由が、見つかるかなと思ったんですが、見つかりました」

「何だ？」

「彼には、子供が二人います。長男は、三十九歳。娘は、二十三歳です。どうやら、この娘のほうは独身のようです。それで、彼女を見初《みそ》めた青年の両親が、内密で調べてくれと、頼んできたことにしたいと思います。結婚調査ですよ」

と、橋本は、いった。

「なるほどな」

「結婚相手となれば、当然、両親のことも、資産のことも、調べなければなりません」

「わかった。頼むよ」

と、亀井は、いった。

2

橋本は、一人になると、改めて、日本紳士録の「松井勝彦」の項に、眼を通した。私大を卒業し、経歴から見ると、政界では、苦労したように思える。それなのに、国務大臣になれたのは、運が良かったのだろう。

橋本は、調査依頼書の用紙を、取り出すと、それに、架空の依頼を、書き込んだ。

調査対象は、松井の娘の松井ゆみ、二十三歳。

結婚調査。依頼主の欄には、架空の人物の名前を書き込んだ。

これは、いざという時の用心である。

そのあと、橋本は、亀井が置いていった十万円を、財布に入れた。この十万円は、たぶん、十津川と、亀井二人のポケットマネーだろう。

橋本は、早速、調査に、出かけることにした。

中古のミニ・クーパーに乗って、まず、松井の邸《やしき》を、見に行った。

松井の邸は、洗足池《せんぞくいけ》の近くにあった。敷地が、三百坪ほどの豪邸である。

(この邸だけでも、二、三十億円だな)

と、橋本は、そんなことを、考えた。

橋本は、暗くなるまで、車の中から、邸に出入りする人間、車の写真を、撮《と》り続けた。

そのあと、邸から出て来た真っ赤なベンツ190Eの尾行をすることにした。

すでに、周囲は、暗い。

運転しているのは、若い女だった。たぶん、松井の娘のゆみだろう。

彼女は、去年、大学を卒業してからは、父親の秘書的な仕事をしていたみたいだ。紳士録には、彼女の職業として、「秘書」と、書いてあったからである。

走りながら、橋本は、腕時計を見た。間もなく午後七時になるところだった。

六本木《ろっぽんぎ》に出た。ネオンがきらめき、若者たちが歩きまわっている。外国人の姿も多い。

ゆみのベンツが、レストランの前で、停まった。珍しいドイツ料理の店である。

ゆみは、何度も来ているらしく、馴《な》れた感じで、ドアを開けて、中へ入って行った。

橋本は、どうすべきか、ためらっていたが、ドイツ料理なら、そんなに高くはないだろうと考えて、ドアを開けた。

さほど大きな店ではない。たぶん、十五、六人で一杯になってしまうだろう。六十歳くらいの大男の白人が、店主らしく、ドイツ人だろうと、橋本は、思った。

橋本が、テーブルにつくと、注文を聞きに来たウエイトレスも、二十五、六歳の白人の女性だった。

鮮やかな日本語で、「いらっしゃいませ」といい、

「何を召《め》し上がりますか？」

と、きく。

橋本は、ちらりと、他のテーブルに腰を下ろしている松井ゆみに、眼をやった。

彼女は、店主らしき大男と、話をしていた。

ドイツ語と、日本語のチャンポンで、話をしている。鼻の大きな、いかにも頑固そうな男だから、なかなか、日本語を、覚えようとしないのかもしれない。

「何を召し上がりますか？」

と、ウエイトレスに、もう一度、きかれ、橋本は、あわてて、ジャガイモ料理の一つを、メニューから選んで注文し、白人の大男が、店主であることを、さりげなく、確認しておいた。

運ばれて来た料理を食べながら、橋本は、時々、ゆみの方に、眼を走らせた。

彼女は、ケーキを食べていた。食べながらも、いぜんとして、店主とお喋《しゃべ》りをしている。

彼女は、ハインリッヒという名前を、口にした。ドイツ語の会話の部分はわからないが、どうやら、ハインリッヒに会いに来たのだ。彼がいないので、どこにいるのかとか、なぜ、今夜はいないのかと、ゆみが、店主に、きいている感じだった。

「ハインリッヒは、今日は、もう、ここへ来ないの?」

と、ゆみは、日本語で、きいた。

「彼ハ、ココニ来マセン」

店主が、妙なアクセントのある日本語で、答える。

ゆみは、眉《まゆ》をひそめて、

「それは、わかってるの。だから、なぜ、今夜は、ここに来ないのか知りたいのよ。私が、今夜、来ることは、伝えてくれてるんでしょう?」

と、早口に、いった。

大男の店主は、大げさに肩をすくめ、ドイツ語で、早口に、何かいった。

今度は、ゆみのほうが、肩をすくめた。

「もっとゆっくり話してくれない? わからないわ。なぜ、彼が来ないのか、知りたいのに。それだけよ」

その言葉に対して、また、店主が、何かいった。

「わかったわよ。結局、わからないって、いうんでしょう。じゃあ、いつ来たら、ハインリッヒに会えるの？」

と、ゆみが、いっている。

店主は、コースターに、数字を書いて、彼女に見せた。

「明日の夜ね」

「ヤア」

と、店主が、大きくうなずいた。

3

ゆみは、その店を出ると、ディスコに行って、一時間ほど踊り、帰宅した。

橋本は、事務所に戻り、「松井ゆみには、ハインリッヒというドイツ人の恋人？」と、手帳に書きつけてから、今日撮った写真の現像に、取りかかった。

全ての写真の現像が終わったのは、夜明け近くである。

橋本は、ソファの上で、眠った。事務所で寝るのは、何カ月ぶりかである。それだけ、緊張しているということなのだろう。

十津川が、何のために、松井勝彦の周辺を調べてくれと頼んだのか、理由はわからないし、約束だから、それを、調べたいとも思わない。だが、大きな事件に関係があるらしいという想像はつくのだ。しかし、表立って、警察は動けない事件でもあるのだろう。

そんなことを考えながら、橋本は、簡単な朝食をとり、そのあと、また、ミニ・クーパーに乗って、洗足池近くの松井邸に出かけた。

出入りする人間と、車の写真を、撮り続ける。これが、何の役に立つかわからないが、最初のアタックは、こんなところからしかできなかったのである。

午後三時過ぎに、突然、パトカーが、近づいて来て、前を押さえるようにして、停まった。

二人の警官が、緊張した顔で、パトカーを降りて、歩いて来る。

（失敗した）

と、思った。が、あわてれば、かえって、怪しまれると思って、橋本のほうから、窓を開けた。

「何ですか？」

「免許証」

と、警官の一人が、ぶっきら棒にいった。

橋本が、見せると、免許証の写真と、橋本の顔を見比べるようにしながら、

「ここで、何をしてるのかね？」

「ここに車を停めてはいけないんですか？」

「何をしてるかと、きいてるんだ。もう五時間以上、同じ場所に、車を停めている。何の用があるんだ？」

「仕事ですよ」

と、橋本は、いった。

「仕事？　何の仕事だ？」

「僕は、私立探偵でしてね。お客の依頼で、張り込み中です」

橋本は、名刺を出して、警官に渡した。

「私立探偵？」

二人の警官は、一層、疑わしげな眼になった。日本では、私立探偵の地位は低い。免許制でもないし、アメリカのように、武器を持つこともない。誰でもできる代わりに、尊敬もされていないのだ。

「私立探偵が、何を調べているんだ？」

「それはいえません。依頼主の秘密は、守らなければなりませんのでね」

と、橋本がいうと、太ったほうの警官が、

「一人前の口を利《き》きやがって！」

と、吐き捨てるようにいった。

十津川や、亀井のことがなければ、橋本は、殴りつけてやりたかったが、そうする代わりに、ニヤッと、笑った。

「とにかく、すぐ、ここから、立ち去るんだ」

と、もう一人の警官が、命令口調で、いった。

「わかりました」

橋本は、おとなしくうなずき、車をバックさせた。

パトカーの警官たちも、車に、乗り込んでいる。

（松井家の人間が、警察に通報したに違いない）

と、橋本は、直観した。

松井勝彦か、その周辺の人間に、何かがあるから、こんなに、神経質になっているのだろう。

その夕方、事務所で、テレビのニュースを見ていた橋本は、画面に出て来た男の顔に、びっくりした。

昨夜、六本木で見たドイツ料理の店の店主の顔だったからである。

アナウンサーは、彼が、交通事故で死んだと、告げていた。

第六章　亡命者

1

新聞の報道によれば、その事故は、次のようなものだった。

今朝午前六時頃、神宮外苑《じんぐうがいえん》で、ジョギングをしていたサラリーマンが、外苑内の道路の脇《わき》に倒れている大男を発見した。

すでに死亡していて、外傷などから、車にはねられたものと、警察は断定した。この人は、六本木に店を出しているゲルト・ハイマーさん（六十三歳）で、近くに、ハイマーさんの車、ＢＭＷが、停めてあるのも見つかった。後部のタイヤを、交換していた形跡《けいせき》があり、その作業中に、走って来た車にはねられたと思われ、警察は、この車を、探している。

死んだゲルト・ハイマーの略歴も、新聞には、顔写真入りで、載《の》っていた。

それによると、ハイマーは、五年前に、来日した。東ドイツから、西ドイツに逃げて来て、日本に亡命して来たのだという。なぜ、そんな亡命の道を選んだのかは、書いてなかった。

（五年前に来日か）

橋本は、そのことに、引っかかった。

もちろん、五年前に日本に来ようが、十年前に来ようが、構わないが、六本木といえば、東京の一等地で、地価は、バカ高いはずである。賃貸にしても、契約金などが、何千万だろう。

五年間の間に、よく、あんな店を持てたなという疑問が、橋本をとらえたのだ。

店を持っただけでなく、BMWを、乗りまわしている。そのBMWも、最高級のクラスのものだった。

東ドイツから西ドイツに逃げて来たときは、着のみ、着のままだったろう。なぜ、日本に亡命して来たのかという疑問もある。

橋本は、気になって、その夜、車に乗って、六本木の店に行ってみた。

店主が急死したのだから、店は、閉めているのではないかと思ったが、何事もなかったように、客を受け入れていた。

あの、美人のウエイトレスも、笑顔で、客の注文をきいているし、レジの日本人女性も、同じだった。

ただ、大男の店主の代わりに、若い、金髪の男が、店の中を、ゆっくり歩きまわり、ウエイトレスに、指示を与えていた。

長身で、彫《ほ》りが深く、男の橋本が見ても、ドイツ系の美男子である。

（これが、松井ゆみのいっていたハインリッヒじゃないのか）

と、橋本は、思った。

年齢は、三十歳くらいだろうか。

橋本は、昨日と同じジャガイモ料理を注文し、それを食べながら、金髪の青年の様子を、見ていた。

馴染《なじ》みらしい客が来ると、青年は、日本語で挨拶《あいさつ》している。

中には、「オーナーのハイマーさんは、大変なことでしたね」と、悔みをいう客もいる。そんな時、青年は、やはり、日本語で、

「私も、驚いています」

「ありがとうございます」

と、短く、応《こた》えていた。

電話がかかって来て、青年は、店を出て行った。

橋本は、何となく、その電話の主が、橋本ゆみのような気がした。彼女が、青年を、呼び出したような気がしたのだ。

食事をすませ、料理を払う時、橋本は、レジ係の日本人の女に、

「ブロンドの若い男の人は、ハインリッヒさん?」

と、きいてみた。

「ええ。そうですよ」

(やはりだな)

と、橋本は、思いながら、

「交通事故で亡くなった、ハイマーさんの息子さんなの?」

「そういうことは、私は、存じません」

相手は、急に、かたい表情になった。喋ってはいけないと、いわれているのかもしれなかった。

「ここは、何時までやってるの?」

「午前二時まで、やっております」

という返事をもらって、橋本は店を出た。

ミニ・クーパーに戻ると、腕時計に眼をやった。午後十一時を過ぎたところだった。

まだ、この辺《あた》りは、宵《よい》の口なのか、人通りが、絶えない。

橋本は、店が閉まる午前二時まで、粘《ねば》ってみることにした。

一三五ミリの望遠レンズつきのカメラを構えた。店の前は明るいから、何とか、写真は撮れるだろう。

若者にも、人気のある店とみえて、時々、グループで、入って行く。外人の客は、たぶん、ドイツ系の人で、ドイツ料理が、なつかしいのだろう。

午前一時過ぎになって、店の前に、真っ赤なベンツ190Eが、停まった。見覚えのあるベンツだった。

ドアが開いて、ハインリッヒが、降り、運転席の女に、話をしている。女は、間違いなく、松井ゆみだった。

彼女も、車から降りて来て、いきなり、男に抱きつくようにして、キスした。

橋本は、カメラを構えて、シャッターを、何度か、切った。

明らかに、ゆみのほうが、男に惚《ほ》れている感じがした。

ハインリッヒが、店に入ってしまってからも、ゆみは、未練らしく、店を見ていたが、後ろから、クラクションを鳴らされて、仕方なくという感じで、車をスタートさせた。

2

事務所に帰ったのは、午前二時をまわってからである。

すぐ、電話が、入った。亀井からだった。

橋本は、松井ゆみの行った六本木のドイツ料理の店のこと、ハインリッヒのこと、そして、交通事故で亡くなったオーナーのことを、報告した。

「面白《おもしろ》いな」

と、亀井が、いった。

「どうも、あのドイツ料理の店には、何かあるような気がします。そう大きな店じゃありませんが、来日五年で、よく出せたなと思いますし、突然、交通事故で死んだというのも、引っかかるんです」

と、橋本は、いった。

「ハインリッヒという青年も気になるが、死んだゲルト・ハイマーというオーナーのほうが、私には、気になるね。特に、東ドイツから、西ドイツを経由して、日本に、亡命して来たことがね。日本は、経済的には、豊かだが、日本に亡命したいという外国人は、あまり、いないからね」

「私も、そう思います」

「何とか、その男のことを、調べられないかな。特に、日本に亡命する前後のことをだよ」

と、亀井は、いった。

「わかりました。何とか、調べてみます」

と、橋本が、いうと、亀井は、

「気をつけてくれよ。その交通事故死が、仕組まれたものだとすると、犯人が、いるわけだからね」

「危険は、むしろ、歓迎ですよ」

と、橋本は、半《なか》ば本気で、いった。

だが、どう調べたらいいかが、わからなかった。

あのハインリッヒに会って聞いても、喋ってくれそうもないし、あまり、直接調査はしたくない。相手を、警戒させてしまうだけだからだと、思ったからである。

橋本は、電話帳で、一つの団体を、選んだ。

世界の亡命者を助けるグループが、ニューヨークにあり、その支部が、東京にもあった。

支部長は、評論家として、橋本も、名前を知っている男である。

橋本は、赤坂《あかさか》にある、その支部を、翌日に訪ねて行った。

こういう時のために、橋本は、いくつかの名刺を作っている。その中の雑誌記者の名刺を、使うことにした。

カメラをさげ、雑居ビルの二階にある、その支部に、行った。

受付で、名刺を見せて、この組織の活動状況をききたいと、告げた。

名刺の肩書が、効《き》いたとみえて、副支部長の田代《たしろ》という中年の男が、会ってくれた。

橋本は、現在の世界の状況などを、聞いたあと、

「東ドイツから、日本に亡命してきた人もいるわけですか？」

と、きいた。

「少数ですが、いないことは、ありません。東西ドイツが統一されましたから、東ドイツからの亡命ということは、今後はありませんが。亡命でなくても、何処《どこ》へでも、自由に、行けることになりましたから」

と、田代は、いった。

「六本木にあるドイツ料理の店のオーナーが、亡くなったんですが、この人が、東ドイツ↓西ドイツ↓日本というルートで、五年前に日本に、亡命しているんです。ゲルト・ハイマーという六十過ぎのドイツ人です。彼はあなたのところの組織が、亡命させたんですか？　この支部というわけではなくて、ニューヨークの本部がですか」

「いや、うちの組織とは、関係ありませんね。あのドイツ人のことは、知っていますが、確か、日本の何とかいう政治家が、運動して、日本に連れて来た人だと、聞いていますよ」

と、田代は、いった。

「その政治家の名前は、わかりますか？」

と、橋本は、きいた。

「さあ、われわれは、日本の政治には、弱いんです。どうせ、政治の世界だから、何か、取引の末に、亡命というものが、あったんだと思いますがね」

田代は、皮肉な眼つきになって、いった。

橋本は、礼をいって、外に出ると、今度は、例のドイツ料理の店に、電話をかけた。

「亡くなられたハイマーさんに、食事を、ご馳走《ちそう》になった者ですが、告別式に、ぜひ、出たいので、式場を、教えてくれませんか」

と、橋本は、いった。

「青山《あおやま》葬儀場で、明日の午後二時から、行なわれます」

と、女の声が、いった。

橋本は、翌日の午後、青山葬儀場へ、カメラを持って、出かけた。

喪主は、妻の美江《よしえ》となっていた。日本へ亡命したあと、結婚したのだろう。

花輪が、いくつも並んでいる。

そこに書かれた名前を、橋本は、一つずつ、カメラに、おさめていった。

日独友好連盟の会長だという政治家の名前もあった。

しかし、橋本が、あるに違いないと思っていた松井という名前の花輪は、いくら探しても、見つからなかった。

（関係がないのか。それとも、わざと、出さなかったのだろうか？）

それが、わからない。

参列者は、それほど、多くなかった。

橋本は、ここでも、雑誌記者の名刺を、受付に見せた。

「東ドイツから、日本へ亡命して、成功した人ということで、取りあげたいんですが、誰か、ハイマーさんに詳しい方に、会わせて頂けませんか」

と、橋本は、受付で、いった。

受付の係が、奥へ行って、四十五、六歳の日本人を、連れて来た。

その日本人がくれた名刺には、「塩谷利夫」とあった。肩書は、N電気の営業部長とあった。

「たまたま、二年前に、開店したばかりのお店へ行きましてね。それ以来、ハイマーさんと、親しくして頂いていたんですよ」

と、塩谷《しおや》は、いった。

「ハイマーさんというのは、どういう人でしたか？」

橋本は、まず、当たり障《さわ》りのない質問から、口にした。

「そうですねえ。身体《からだ》も大きいが、性格も、豪放でしてね。いかにも、ゲルマンという感じでしたよ」

「五年前に、亡命して来られたんでしたね？」

「そうです」

「三年で、あの店を持ったというのは、成功者の一人といえるんじゃありませんか？」

「まあ、そうでしょうね」

「誰か、ハイマーさんに、援助した人がいたんでしょうか？」

と、橋本がきくと、塩谷は、「そうねえ」と、考えて、

「いい人だから、みんなが、助けたんじゃありませんか」

「奥さんは、日本人ですね？」

「そうですよ。奥さんも、昔の日本女性という感じで、立派な方ですよ」

「僕も、何回か、あの店へ、食べに行っているんですが、あとには、ブロンドの美青年がいますね」

「ああ、ハインリッヒ君ね」

「あの人は、どういう人ですか？」

「私も、よく知らないんですよ。彼も東ドイツからの亡命者らしいですが、日本の若い女性なんかには、よく、もてているようですね」

「ハイマーさんの息子さんですか？」

「いや、それは、違うようですよ」

「ハイマーさんは、日本の政治家とも、親交があったみたいですね？」

「そうなんですよ。日本の政財界に、お友だちがいましたよ」

「なぜ、そんな親交があったんでしょうか？」

「ハイマーさんの人柄なんでしょう」

と、塩谷は、微笑した。

しかし、橋本は、信じなかった。何か、もっと、他の理由があったのではないのか。

だが、どうして、それを、調べたらいいのだろうか？

第七章　ベルリンの壁

1

　ベルリンでは、十津川と日下が、二つのことを、必死になって、追及していた。

　一つは、もちろん、行方不明の佐伯を見つけることである。もう一つは、そのためにということもあるのだが、佐伯が、接触した人間を、探すことだった。

　佐伯が、自分から姿を消したとは思われない。何者かが、彼に接触してきて、その人間と、一緒に、何処《どこ》かへ行ったか、或《ある》いは、力ずくで、連れ去られたかである。

　佐伯は、オリエント急行にかくされていた拳銃の謎《なぞ》を追っていた。とすれば、同じ理由で、ベルリンに来た十津川と日下に、同じ人間が、接触してくる可能性があるのだ。

　ベルリンに着いた翌日、十津川と、日下は、カメラを手にして、ベルリンの中心街、ブランデンブルク門に、出かけた。かつては、東西ベルリンの分割の象徴だったこの巨大な門は、今は、観光名所になり、有名なベルリンの壁は、破壊され、取り払われてしまっている。まだ、ところどころに残っているが、ブランデンブルク門の前は、きれいに片付けられてしまっていた。

日本人の観光客も、門をバックに写真を撮ったり、残されている壁のところで、日本円で五百円のトンカチとノミを借りて、お土産に、壁を砕いたりしている。

陽気に騒いでいるのは、アメリカ人の観光客らしい。のんびりと、自由を楽しむように、サイクリングをしているグループもある。

十津川と、日下も、自転車を借りて、走りまわってみたり、ドイツ人に、日下が、ドイツ語で、話しかけたりした。相手がベルリン市民とわかると、行方不明になった日本人のことを、きいてみたりもした。佐伯についての情報に対しては、信用できれば、高額の金を、それも、マルクか、ドルで払うことも、ほのめかした。

そうしておいて、ホテルに戻ると、じっと、電話を待った。

しかし、第一日目も、第二日目も、何の反応もなかった。

三日目の十月二十八日は、朝から、肌寒かった。例によって、朝食のあと、ブランデンブルク門の前へ行くと、労働者たちが、鉄パイプを、組み立てていた。

日下が、きくと、十一月一日に、ここで、壁の崩壊を記念して、ドイツ、アメリカ、イギリスなどのロック・シンガーを集めて、大きなロック・コンサートが、開かれるのだという。

そういえば、今、十津川たちの泊まっているホテルも、急に、泊まり客が、増えている。その中には、一目で、ロック・シンガーとわかるグループもいる。

「十万以上の観光客が集まるだろうと、いっています。賑やかなことになりそうですよ」

と、日下は、いった。

「十一月一日の何時からだ？」

「午後七時からだそうです」

「夜か」

「花火も、打ち上げるといっています」

なるほど、賑やかになるだろう。十津川は、それが、自分たちの捜査に、どう影響してくるだろうかと、考えていた。

拳銃の密輸は、暗闇《くらやみ》を連想させる。花火と、ロックの競演は、それに近いのだろうか？それとも、遠いのだろうか？

二人は、今日は、デパートや、スーパーに入ってみた。東ベルリン地区の店でも、今は、西ドイツ製品というのか、西ヨーロッパの製品で、あふれている。東ベルリンの市民も、西ドイツマルクで、買物をしている。

「こうやって、均一化していくのかね。ドイツも、世界も」

と、十津川は、いった。

「大衆が、それを望んでいるんですよ」

「しかし、面白くないなあ」

「どこがですか?」

「東と西で、政治の形も、文化も違っていると、両方を、比較できるじゃないか。そして、自由諸国に、社会主義国の長所を取り入れ、逆もある。そうやって、進歩していくのがいいと思うんだが、これからは、全部、自由主義になってしまうんだろう。そうなると、経済的な競争だけになってしまうんじゃないかねえ」

と、十津川は、いった。

「大丈夫ですよ。まったく同じなんてことは、ありませんから」

と、日下は、笑った。

陽《ひ》が落ちてから、二人は、東ベルリン地区に、酒を飲みに行った。

妙に薄暗い店の中で、ビールを飲み、日下が、行方不明の日本人のことを、きいた。三十分ほどいて、次の店へ移り、ここでも、同じことをした。

夜の十一時過ぎに、ホテルへ戻った時には、酒に弱い十津川は、悪酔いしてしまっていた。

ベッドに寝て、十津川が、うなっているところに、電話が入った。

日下が、受話器を取る。その顔が、急に、こわばった。通話口を押さえて、

「行方不明の日本人のことを、知ってるそうです」

と、十津川に、いった。

苦しんでいた十津川は、酔いがさめてしまった感じで、ベッドの上に、起き上がった。

「信用できそうか?」

と、十津川は、きいた。

「わかりません。とにかく、話を聞いてみます」

と、日下は、いい、ドイツ語で、話し始めた。

十五、六分して、日下は、受話器を置いた。

「どうだ?」

と、十津川は、待ちかねて、きいた。

「中年の男の声でした。名前は、いいません。行方不明の日本人のことで、顔立ちをきいてみると、佐伯さんに似たことをいっています。しかし、佐伯さんは、このホテルに、ずっと泊まっていたわけですから、何人かが、見ているわけです。ボーイや、フロント係に聞いたのかもしれません」

「佐伯が、今、何処にいるか、知っていると、いったのか?」

「はい。知っているが、電話ではいえないと、いっています」

「いつ、会うと、いってるんだ?」

「もう一度、電話してくると、いっていますが、その時には、二千マルク欲しいといっています。

「二千マルクというと、二十万円ぐらいか」

「そのくらいです」

「そのくらいの金は、なんということも、ないが、本当に、その男は、佐伯の行方を、知っているんだろうか？」

「わかりません。金目当に、近づいて来ているのかもしれません」

と、日下は、いった。

2

ブランデンブルク門の前の仮設ステージは、見る見る、形を整えて行った。ベルリンの壁に模したウレタンの壁も、出来上がろうとしている。

だが、男からの電話は、なかなか、かかって来なかった。

（気を持たせやがる）

と、十津川は、思った。待たせれば、待たせるほど、こちらが、信用すると、思っているのか。

十月三十一日の夜になって、やっと、電話があった。

日下が出たが、五、六秒で、すんでしまった。

「明日の午後十時。第×監視所へ来いといっています」

と、日下が、いった。

「明日の午後十時？」

「そうです。たぶん、例のロック・コンサートが、クライマックスを迎えている時刻だと、思いますよ」

と、日下は、いった。

監視所は、ベルリンの壁があった頃、壁に沿って、点々と置かれた東ドイツ側の塔である。

東ドイツの人間が、逃亡するのを防ぐために作られたコンクリートの塔で、東ドイツ兵が、銃を手に、監視に当たっていた。

今は、監視する必要もなくなったのだが、頑丈なコンクリートをこわすのが大変なのか、未だに、廃墟《はいきょ》のように、建っている。

十一月一日の夜、八時に、十津川と、日下は、ホテルを出た。

ブランデンブルク門の前の広場では、すでに大群衆を集めて、ロック・コンサートが、始まっていた。

ウレタンを積み上げて作ったベルリンの壁の前の舞台で、ボリュームを一杯に上げたマイクで、ロック・シンガーが唄《うた》い、レーザー光線が、夜空で交錯し、十万人を超《こ》す聴衆が、手拍子を取っている。

十津川と、日下は、その背後《うしろ》をまわり、指定された第×監視所に、向かった。

コンクリートの、その監視所には、人の姿はなく、壁には、無数の落書きが、見える。

二人は、むき出しの階段を上がって行った。

窓ガラスのない、吹きさらしの望楼《ぼうろう》に立つと、十一月の冷たい風が、吹きつけてきた。

十津川は、思わず、コートの襟《えり》を立てた。

百メートルほど前方では、ロック・コンサートが、続いている。

ドラムのひびき、スチール・ギターの甲《かん》高い音、シンガーの声、聴衆の拍手、そんなものが、地鳴りのように、押し寄せてくる感じがした。

十津川は、手で囲うようにして、煙草に火をつけた。

突然、夜空に、花火が、一発、二発と、打ち上げられた。次の瞬間、一斉に、花開いて、また、歓声が、あがった。

「警部」

と、急に、日下が、小声で、いった。

足音だった。

コンクリートの階段を、ゆっくりと、上がってくる足音である。

ドイツ人にしては、小柄な男が、姿を見せた。月明かりの中で、中年で、革のジャンパーを着ているのが、わかった。

男は、すがるように、十津川と、日下を見て、ドイツ語で、何か、いった。

「行方不明の日本人を探しているんだな、ときいています」

と、日下が、いった。

十津川が、うなずいた。

「二千マルク、持って来たかと、きいています」

「ここにある」

と、十津川は、二千マルクの入った封筒を、かざしてみせた。

男は、手を差し出した。十津川は、封筒をポケットにしまってしまい、

「佐伯の居所を知っているんだね？」

と、きいた。

「その二千マルクが、先だ」

「冗談じゃない。君の情報に価値があれば払う。だが、逆なら、一円も払わん」

「おれの情報は、正確だよ」

と、男は、むすっとした顔で、いった。

ロック・コンサートのレーザー光線のきらめきが、時々、ただの背の高いコンクリート

の箱になってしまった監視塔に、命中する。その度に、ひげ面《づら》の男の顔を、浮き上がらせた。

男は、別に、顔を隠すような仕草は、見せなかった。

「じゃあ、彼のいる所へ案内してくれるのかね？」

十津川は、きき、日下が、それを、通訳している間、じっと、男の顔を見つめていた。刑事を、長い間やっているので、人を見る眼は出来たと思っていたのだが、今、眼の前にいるドイツ人の表情は、なかなか、読めなかった。

「これから案内するよ」

と、男は、いった。

「これから？」

「そうだ。夜のほうがいい。ただし、その前に、金を貰《もら》いたい。それでなければ、案内は、できないね」

と、男は、いった。

「どうしますか？」

日下が、日本語で、十津川に、きいた。

「保証はあるのかね？」

と、十津川は、日下を通じて、きいた。

「日本の警察かもしれないからね」

「おれを信じてもらうより仕方がない」

「しかし、私たちは、君のことを、よく知らないからね」

「それは、お互いさまだ。おれだって、あんたらが、何者か知らない。日本の警察かもしれないからね」

「じゃあ、こうしよう。五百マルクだけ払う。残りは、佐伯に会ってからだ」

と、十津川は、いった。

男も、承知し、五百マルクが渡されたあと、三人は、監視塔を降り、男の案内で、昔の国境沿いに、北に向かって、歩いて行った。

幅五、六メートルの、鉄条網が二重に張られていた跡《あと》が、今は、恰好《かっこう》の散歩道になっている。昼間は、市民が、サイクリングしたりしているのだが、夜は、さすがに、人通りが消えている。

ロック・コンサートの喧噪《けんそう》が、次第に、遠ざかって行く。

「君は、ああいうものが嫌いなのか？」

と、日下が、緊張をほぐすように、男にきくと、男は、「ふん」と、鼻で笑って、

「今、東ドイツでは、どんどん、失業が増えているんだ。工場だって、次第に、閉鎖されている。そんな時に、浮かれていられるか」

「君も、失業者か？」

という日下の質問には、返事がなかった。

前方に、その閉鎖された工場が、見えてきた。

何の工場だったかわからないが、機械は、持ち去られ、スレートの屋根は、ところどころ、穴が、あいてしまっている。そして、雑草は、茂るに委《まか》せてあった。

男は、工場の中に入って行き、「――」と、大声で、名前を呼んだ。

暗い工場の中からは、何の返事もない。

男は、また、大声で、ドイツ人の名前を呼んだ。

今度は、返事があった。

鋭い、銃声の返事だった。

第八章　ライター

1

十津川は、反射的に、コンクリートの床に、身を伏せた。

日下と、男も、床に、這《は》いつくばっている。

銃声は、がらんとした工場内に反響して、こだまを作った。そのこだまが消えて、静寂が戻ってきた。

二発目の銃声は、起きない。

それでも、十津川たちは、用心して、しばらく、その場に伏せて、動かなかった。

耳をすませてみる。が、奥に、人の気配は感じられなかった。

何分間かしてから、十津川たちは、起き上がった。

「――――！」

と、男が、もう一度、大声で、奥に、呼びかけた。

今度は、何の応答もなかった。

三人は、そろそろと、奥に向かって、進んで行った。

急に、男が立ち止まった。しゃがんで、ライターをつけた。

その、ゆらゆらする明かりの中に、倒れている男が、照らし出された。

白人の男だった。後頭部が、砕けて、血が、噴《ふ》き出している。

十津川は、その男の傍《そば》に、懐中電灯が転がっているのを見て、拾い上げて、スイッチを押した。

突然、強烈な光芒《こうぼう》が、周囲を照らし出した。

倒れている男が、はっきりと、見えた。背広を着て、右手に、何か摑んでいる。

十津川たちを案内して来た東ドイツの男は、何か、口の中で呟《つぶや》いた。

「誰なんだ？」

と、十津川は、男に、きいた。

「例の日本人のことを、われわれに、教えてくれるはずだった男だよ」

と、相手は、重い口調で、いった。

「君が、佐伯の行方を、知ってるんじゃなかったのか？」

「知ってるのは、この男だったよ」

「本当に、知ってたのかね？」

十津川は、疑わしげに、動かない男の身体を見下ろした。

ただ、金欲しさに、佐伯のことを知っているという人間を、でっち上げたのではないのか。それが、たまたま、仲間割れでも起こして、射《う》たれたのではないのか？

「本当だよ。証拠もあると、いってたんだ」

と、男はいい、ひざまずいて、脈を診《み》ていたが、駄目だというように、小さく、首を横に振った。

日下は、倒れている男の右手を、こじあけて、摑んでいる物を、取り上げた。それを、十津川に、

「見てください」

と、渡した。

十津川は、懐中電灯の明かりを当てた。ジッポーのライターだった。それに、ＳＡＥＫＩと、名前が入っている。

佐伯は、ガスライターが嫌いで、ジッポーの石油《オイル》ライターを使っていたのを、十津川は、覚えていた。名前を、彫っていたこともである。

「佐伯さんのものですか？」

と、日下が、きいた。

「そうだ。間違いないよ」

と、十津川は、うなずいてから、

「この男の身元を、きいてみてくれ」

と、いった。

日下が、ドイツ語できいた。が、相手は、黙って、首を横に振るだけだった。

「他に、佐伯のことを知ってる人間は、いないのか？」

と、十津川は、きいた。

「探してみるが、そのためには、金がいる」

と、男が、無表情に、いった。

「また、金か」

「おれたちにとって、日本人が、このベルリンで行方不明になったことなど、どうでもいいんだ。ドイツが統一されたあとの生活が、一番の問題だよ。物価の値上がりと、失業が、待ち構えているんだ。東ドイツでは、生活は豊かじゃなかったが、失業なんか考えたことがなかった。おれは、何十年も、失業があるなんて、考えたこともなかったんだ。それが、いきなり、仕事がなくなってしまった。そんな時、金にもならない日本人探しを、誰がやるんだ？」

男は、急に、饒舌《じょうぜつ》になった。

「わかったよ」

と、十津川は、いった。

彼は、日下を通して、いくら払えば、また、佐伯のことを知っている人間を、見つけてくれるのか、きいた。

「五千マルク」

と、男が、答えた。

「五千マルクだって？」

「殺されたこの男を見ろよ」

と、相手は、いった。

「その日本人を探すのは、危険なことだとわかった。おれだって、殺されるかもわからない。五千マルクだって、安いくらいだ」

「この男が、なぜ殺されたのか、想像がつくか？」

と、十津川は、きいた。

「そんなこと、知るものか」

「今、五千マルクは、渡せない。佐伯が、見つかった時だ」

「だが、金がないと、人は、動かせないよ」

「千マルクだけ渡しておこう。さっきの五百マルクと合せて、千五百マルクだ。これで、十分だろう」

と、十津川は、いい、千マルクを、男に渡した。

「じゃあ、何かわかれば、また連絡する」

と、男は、せっかちに、いった。

「まだ、君にききたいことがある」

「おれのほうには、話すことは、もうないよ。それに、もうじき、警官が来る。さっきの銃声を聞いた人間が、通報したろうからな」

と、男は、いい、工場を、出て行った。

「われわれも、逃げたほうが、よさそうだな」

と、十津川は、いった。

2

ホテルに戻ると、十津川は、改めて、佐伯の名前の入ったライターを、見つめた。一緒に飲んだ時も、佐伯は、このライターを、自慢していた。ジッポーの歴史を、ひとしきり喋ったこともある。そんなことを、思い出すのだ。

東京への連絡で、東ドイツから、日本へ亡命した、六本木のドイツ料理店のオーナーが、死亡した詳細を、知った。東京のその事件と、今夜、ベルリンで起きた事件と、何か関係があるのだろうか？

翌朝、日下は、ロビーに降りて行き、何種類かの新聞を貰って来た。

二人は、ルームサービスの朝食を、部屋でとりながら、その新聞に、眼を通していった。

「出ていますよ」

と、日下が、いった。

中年の男の顔と、あの工場の中に倒れている死体の写真が、載っていた。

「何と、書いてあるんだ?」

「最近、東ベルリン地区で、犯罪が急増しているが、昨夜も、凶悪な殺人事件が発生した。被害者は、後頭部を、射たれており、即死だったと思われる。警察当局は、物盗《と》りの犯行とみている」

「物盗り?」

「財布がなかったそうです」

「身元が、わかったのかな?」

「名前は、J・F・ブラウン、三十五歳となっていますね。面白いのは、この男の職業です。最近まで、東ドイツ国軍の将校だったと、あります。病気で退役し、現在は、自宅で、療養中だった」

「将校だったのか」

「陸軍の将校です。勲章を貰ったこともあると、書いてありますから、優秀な将校だったんだと思いますね」

「将校なら、拳銃は、手に入りやすいんじゃないかな？」

「そう思います」

「ベルリンの壁が崩壊して、ワルシャワ軍も、がたがたになったと聞いたことがある。戦う相手が、いなくなったんだからね。当然、士気は、弛緩《しかん》しているだろう」

「武器の横流しですか？」

「まあ、そうだ」

「調べてみますか？」

「調べるって、何をだ？」

「昨年十一月に、壁が崩壊してから、今日までの間に、武器の横流しといった事件が起きていないかどうかです。マスコミも、自由になっていますから、東ドイツの新聞にも、載っているんじゃないですか。西ドイツの新聞には、もちろんです」

と、日下は、いった。

二人は、朝食のあと、東ベルリン地区に入り、図書館で、新聞を、見せてもらうことにした。

パスポートを見せ、雑誌記者だといい、ベルリンの壁崩壊以後の新聞を見たいというと、あっさりと、いくつかの新聞の綴《つづ》りを、持って来てくれた。

十津川は、ドイツ語がわからないので、日下が、眼を通しているのを、じっと、見守っているより仕方がない。

「ここに、一つ出ていますね」

と、日下は、今年の六月五日の新聞を、十津川に見せた。

「東ドイツ陸軍の兵士三人が、軍の武器庫に忍び込み、小銃十五丁、手榴弾《てりゅうだん》五十発、機関銃一丁を盗み出して、西ドイツのブローカーに売り渡して逮捕されたと、書いてありますね」

「現役の兵が三人か」

「そうです。軍の規律が、それだけ、弛《ゆる》んでしまっているということだと思いますね」

「拳銃は、盗まれていないんだな？」

「小銃ですね、これは」

「拳銃が、大量に盗まれたという記事はないかね？」

と、十津川は、いった。

日下は、なおも、新聞を、調べていったが、

「ありませんね。しかし、報道されなかった事件は、あったかもしれません。いくら情報公開といっても、今までのことがありますから、限界があると、思います」

と、いった。

「西ドイツの新聞なら、書いているかもしれないな」

と、十津川は、いった。

二人は、今度は、西ベルリン側の図書館に行き、新聞を、見せてもらった。

日下は、慎重に、古新聞のページを繰《く》っていたが、急に、眼を輝かせた。

「これは、面白いですね。主役は、東ドイツ軍じゃなくて、東ドイツに駐留しているソビエト軍です」

「ソビエト軍の拳銃が、どうなったんだ?」

「東ドイツ駐留ソ連軍基地から、数十丁から百丁にのぼるトカレフ拳銃と、実弾が、盗み出されたといわれている。その責任を取って、同駐留軍司令官は、更迭されたが、ソビエト軍では、定例の人事異動だと主張している。しかし、盗み出された拳銃と、実弾は、東ベルリンのドイツ人ブローカーの手によって、一丁五百マルクから六百マルクで、売買されたといわれている。この大量の拳銃盗難事件には、東ドイツの高官と、西側の外交官が、関与していると伝えられるが、いずれも否定している。しかし、東ドイツ、特に、東ベルリンに、武器売却のルートがあるのではないかという疑惑は、前から、持たれていた。これが、記事です」

「信憑性《しんぴょうせい》はあるのかな?」

「わかりませんね。これは、今年の八月一日の新聞です。壁が崩壊して、東西ドイツの統一も、時間の問題の時期ですから、東ドイツのソビエト軍も、戦う目標がなくなりました、近い将来、撤退を余儀《よぎ》なくされるだろうということで、士気は、弛緩《しかん》していると思いますね。それに、駐留ソビエト軍の兵士の給料は、月二十五マルクですから、何か買いたくなれば、手っ取り早く、武器を売ることになるんじゃありませんか」

「二十五マルクというと、二千円少しだね」

「二千三百円くらいじゃありませんか」

「確かに、少ないね」

「それに、東西ベルリンの通行が、自由になりましたし、東ベルリンのスーパーや、デパートにも、西ドイツや、他のヨーロッパの商品が、どんどん入って来ていますから、欲望は、どんどん、刺戟《しげき》されるわけです」

と、日下は、いった。

「それらしい記事もあるのか？」

「東ドイツの駐留ソビエト軍の兵士が、外出した時、盗みを働いて、捕まったという小さい記事があります」

「八月一日か」

「事件のあった日は、書いてありません。八月一日以前であることは、間違いありませんが」

「西側の外交官というと、日本も入るんだろうね」

「入るとは思いますが、この記事を書いた記者が、西側というのを、どこまでの広さで考えていたかは、わかりません」

と、日下は、いった。

「そうだな」

と、十津川は、うなずいた。日下に、どこまで話していいか、わからなかったからである。

八月一日以前に起きた盗難事件とすれば、オリエント急行が、ベルリンに停車している間に、拳銃と、実弾を、食堂車の屋根裏に、隠すことは、可能だったかもしれない。

オリエント急行が、ベルリン東駅に着いたのは、九月十二日である。そして、十二、十三日の二日間、停車し、その間、乗客は、ベルリンの壁を見物したり、グランドホテルで、パーティーを開いたりしている。

八月一日から、九月十二日まで、一カ月以上あるが、その間に、盗まれたトカレフ拳銃の売買が行なわれたり、オリエント急行に積み込む計画が、立てられたりしたのではないか。

「この盗難事件を、追うことは、できないかな？」

と、十津川は、いった。

（きっと、佐伯も、同じことを考えたに違いない）

と、思ったからだ。

第九章　保護者

1

亀井刑事は、ゲルト・ハイマーの死を、単なる交通事故とは、考えなかった。交通事故に見せかけた殺人である。しかし、殺人ではないかという疑問は、どこからも、起きなかった。

不思議といえば、不思議だった。こうした事件では、一応、事故と殺人の二つの線を考え、死体解剖の結果を待って、判断するものなのだが、今回は、解剖の結果が出る前に、すでに、事故と、断定された。

もし、殺人と決まれば、大っぴらに、ゲルト・ハイマーの周辺を捜査することができる。当然、使用人のハインリッヒ、それにつながる松井ゆみのことも、捜査できると、亀井は、期待していたのだが、それが、不可能になってしまった。

従って、これまでと同じく、橋本の個人的な調査を、待たなければならないのである。

亀井の自宅にかかってきた十津川の電話で、彼は、改めて、ゲルト・ハイマーの死について、話した。

「私は、彼が、殺されたに違いないと思います」

「すると、そのドイツ人は、単なるドイツ料理店のオーナーじゃないということだな？」

「そう思います。第一、亡命して五年で、あんな一等地に、店を出せたというのが、まず、奇蹟《きせき》に近いですからね」

「日本に、誰か、保護者がいたということか？」

「そうです」

「それが、松井元大臣かな？」

「かもしれませんが、私が、調べるわけには、いきませんので」

「そうだな」

「橋本君に、これからも、やってもらうより仕方がありません」

「危険の具合は、どうなんだ？　そのオーナーが、殺されたんだとすると、橋本君にも、危険があると見なければ、いかんだろう？」

「それは、最初から、覚悟していると、思いますよ」

と、亀井は、いった。

「そうだろうが、いざとなったら、カメさんが、何とか助けてやってくれよ」

と、十津川は、いった。

「わかりました」

「交通事故として、調べるとすると、交通係の担当だね？」

「そうです」

「確か、高野《たかの》という刑事が、交通係にいるはずだ。彼に連絡を取って、何とか、ゲルト・ハイマーという男の交友関係を、調べてもらうようにできないかね？」

「高野刑事なら、私も、知っています。連絡をしてみます」

と、亀井は、いってから、

「そちらは、どうですか？」

「東ドイツ国軍の拳銃だと思っていたんだが、どうも、東ドイツに駐留しているソビエト軍のものだという可能性が、出て来たんだ」

「余計、面倒なことになりそうですね」

亀井は、心配になって、いった。

「佐伯も、それで、行方不明になったのかもしれない」

と、十津川は、いった。

亀井は、繰り返し、気をつけてくださいといってから、電話を切った。自分が、傍《そば》にいれば、何とか助けられると思うのだが、何しろ、ドイツである。それに、東ドイツやソビエト軍が関係しているとなると、助言もできない。

亀井は、交通係の高野刑事に会いに出かけた。

それほど親しい相手ではなかった。それに、向こうのほうが、年上である。本当のことはいえないので、亀井は、

「実は、死んだゲルト・ハイマーさんとは、ひょんなことで、親しくしていましてね」

と、いった。

高野は、その言葉は、信じたかどうかはわからないが、

「何とか、はねた車の種類は、わかりそうなんですがねえ」

「ゲルト・ハイマーさんの友人の方たちも、心配して、結果を聞きに来たんじゃありませんか？」

「そうですね。何人か見えましたよ。中には、あれは、事故とは思えない。狙《ねら》われて、殺されたんだという人もいますね」

と、高野は、いった。

「誰ですか？　それは」

と、亀井は、きいて、

「正直にいうと、私も、ハイマーさんが、交通事故に遭ったとは、思えないものですから」

と、続けた。

「確か、藤川史郎《ふじかわしろう》という人です。ヨーロッパの政治、経済を勉強されているS大の先生です」

「そうですか」

と、亀井は、うなずき、その名前を、頭に、叩き込んだ。

そのあと、亀井は、何かわかったら、個人的に、知らせてくださいと頼んだ。

2

亀井は、外の公衆電話ボックスから、橋本に、電話をかけた。こちらが、何かいうよりも先に、橋本は、

「ゲルト・ハイマーが、殺されるのを防げなくて、申し訳ありません」

と、いって、詫《わ》びた。

「そんなことは、構わないさ。君じゃなくて、ほっとしているんだ」

と、亀井は、いった。

「警察は、殺人と、見ていないようですね？」

「それで、私も、困っているんだ。殺人ということになれば、大っぴらに、ゲルト・ハイマーのことを、調べられるんだが、交通事故では、私の手が届かん」

「僕がやります」

「頼むよ。S大の教授で、藤川史郎という男がいる。どうやら、この先生が、ゲルト・ハイマーと親しかったらしい。この先生に当たれば、何かわかるかもしれないと、思うんだが」

「わかりました。当たってみます」

と、橋本は、いった。

橋本は、電話を切ると、さっそく、藤川史郎に、会ってみることにした。

S大に電話をかけると、今日は、休講だという。自宅の電話番号を聞いて、かけ直した。

本人が、電話口に出た。

「ゲルト・ハイマーさんのことで、お話ししたいことがありまして」

と、橋本が、いうと、すぐ、会うという返事があった。

新宿西口の喫茶店で、藤川と、会った。

四十代の感じの、若い教授だった。長身で、いかにも、頭の切れそうな男である。

「ハイマーさんとは、どういうお知り合いですか？」

と、藤川のほうから、先に、きいた。

「正直にいうと、ハイマーさんより、松井ゆみさんと、親しくしてもらっているんです。

彼女の紹介で、ハイマーさんとも、知り合いになったんですよ」

と、橋本は、いった。

藤川は、あっさりと、信じたのか、

「なるほど。私も、松井さんのお嬢さんは、知っています」

「あの店に、ハインリッヒという若いドイツ人がいるでしょう? 彼に、松井ゆみさんが、夢中になっているらしいので、心配になっていたんです。そんな時、ハイマーさんが、死んでしまって、彼にも、ハインリッヒさんのことを聞こうと思っていた矢先なんです」

橋本は、口から出まかせを、いった。

藤川は、微笑して、

「ハインリッヒ君と、松井ゆみさんのことは、私も知っていますよ。お互いに若いから、いいんじゃないかと思いますがねえ」

「ハイマーさんは、どう思っていたんでしょう?」

「彼は、心の広い人だったから、反対はしなかったんじゃないかな。ドイツ人と、日本人が、愛し合っても、悪いことじゃないし――」

「ハイマーさん自身も、日本人の奥さんを貰っていましたね?」

「ああ。そうです」

「上手《うま》くいっていたんでしょうか？」

「なぜですか？」

「国際結婚というのは、上手くいかない例が多いですから」

と、橋本は、いって、反応を見た。少しでも、ゲルト・ハイマーのことを、知りたかったからである。

「ハイマーさんの場合は、上手くいっていたと思いますねえ」

「僕は、奥さんに会ったことがないんですが、どういう方ですか？」

「実は、私も、奥さんの美江さんのことは、詳しく知らないのです。ハイマーさんが、あまり、家庭のことは、話されませんでしたからね。確か、誰かの紹介で、会って、結婚したと聞きましたがね」

「松井さんの紹介でしょうか？」

「さあ。それは、どうですかね」

藤川は、あいまいに、いった。

「僕は、どうも、ハイマーさんが、単なる事故ではなく、誰かに、殺されたような気がするんですが、藤川さんは、どう思われますか？」

と、橋本は、切り込んでみた。

「その点は、同感ですが、橋本さんは、なぜ、そう思われるんですか？」

藤川は、逆に、きき返してきた。

「前日にお会いした時、あまりにも、お元気でしたからね。六本木の店で、会ったんですよ。普段から、実によく、気がつく方でしたし、車に、はねられるとは、とても、思えないんです」

と、橋本は、いった。

「そうですねえ。あんな元気な人は、いませんでしたからね。私だって、まだ、ハイマーさんが、亡くなったなんて、信じられないんですよ」

「藤川さんは、亡命直後から、ハイマーさんを、ご存じだったんですか？」

と、橋本は、きいてみた。

「そうですねえ。四、五年前からのつき合いだから、そうかもしれませんね」

「ハイマーさんは、亡命する時は、ずいぶん、苦労されたんでしょうね？」

「そう思いますよ」

「と、いうと、ハイマーさんから、聞かれたことは、ないんですか？」

「ええ。亡命者というのは、亡命前後のことを、あまり話したがらないといいますからね」

「僕も、ききたかったんですが、きけなくて。きっと、面白い話があると思うんです。僕の友人に、出版社で働いている男がいまして、ハイマーさんのことを話したら、ぜひ、本にしたいといっているんです。今、東西ドイツが、脚光を浴びているでしょう。だから、必ず、注目されるはずだと、いうわけです」

橋本は、相手から、何とか、ゲルト・ハイマーのことを聞こうと、必死だった。

藤川は、急に、当惑した表情になって、

「私には、お力になれませんよ」

と、いった。

「しかし、藤川さんは、ドイツ問題は、ご専門だし、ハイマーさんから、いろいろと、お聞きになっていると、思うんですが」

橋本は、食い下がった。

藤川は、いよいよ、難しい表情になって、

「私は、用があるので、これで——」

と、立ち上がった。

（警戒されたな）

と、橋本は、思った。

「また、お電話しても、構いませんか？」

「いや、ここ当分は、忙しいので——」

と、藤川はいい、あたふたと、店を出て行ってしまった。

橋本は、首をねじるようにして、藤川を見送った。

ゲルト・ハイマーには、日本への亡命について、何か、後ろ暗いことがあったのだろう。それと同様、藤川史郎にも、何かあるのかもしれない。

間を置いて、店を出ると、橋本は、車に戻り、S大のある市ケ谷《いちや》に向かった。

今度は、私立探偵の名刺を見せて、事務局長に、会った。

「藤川先生のことで、いろいろと、調べてもらいたいという依頼がありましてね」

と、橋本は、わざと、思わせぶりに、いった。大学は、世間体《てい》を、気にすると、思ったからである。

案《あん》の定《じょう》、事務局長は、青い顔になって、

「藤川先生が、何かしましたか？」

「結婚不履行です」

「しかし、藤川先生は、すでに、結婚されていますが」

「だから、依頼者は、詳しく調べてくれといって来たんですよ。藤川先生は、彼女に、結婚はしていないといって、つき合っていたらしいんです」

「まさか、あの先生が――」

「もちろん、依頼者が、嘘《うそ》をいっているということも考えられますがね」

と、橋本は、ちらりと、助け舟を出した。

事務局長は、ほっとした顔を見せて、

「それは、依頼者の方が、何か、勘違いされているんだと思いますよ」

「それならそれで、相手を納得させたいので、藤川先生のことを、話してくれませんか」

と、橋本は、いった。

「何を、お話しすれば、いいんですか？」

「藤川先生の奥さんは、どういう方ですか？」

「エレナというドイツ人の方ですよ。先生が、西ベルリンに留学している時に、知り合った女性です」

「ドイツ女性ですか」

「そうです」

「お子さんは？」

「まだ、いないはずです」

「エレナさんの写真があれば、見せて頂けませんか」

と、いいながら、橋本が、何気なく、見上げると、壁に、松井元大臣の書が、掛かっていた。

「この大学は、松井さんと、何か関係があるんですか？」

「松井先生の弟さんに、うちの学長になって頂いています」

と、事務局長が、いった。

第一〇章　ココム

1

「松井さんに、弟さんがいたんですか？」

と、橋本は、きいた。

「養子に行かれたので、姓が、違います。松井家の遠い親戚《しんせき》に、五十嵐《いがらし》工業の社長さんがいましてね。子供がいないので、松井さんの弟さんを、養子に貰ったわけです。もちろん、何十年も前ですがね。現在、この五十嵐弘《ひろし》さんが、五十嵐工業の社長をやっておられます。うちでは、前に、松井先生に、学長をやって頂いていたのですが、先生が、お亡くなりになって、人選に悩んでいたのですが、五十嵐さんなら、松井先生の弟さんでもあり、人格熱意共に、申し分ないということで、お願いして、ご快諾を得たわけです」

と、事務局長は、いった。

「五十嵐さんは、どういう方ですか？　よかったら、話して頂けませんか」

と、橋本は、いった。

相手は、話題が、藤川のことから、新しい学長に移ったので、ほっとした表情になった。

「立派な方ですよ。次の選挙では、お兄さんの遺志を継《つ》いで、立候補されると、聞いています。松井先生の、跡《あと》を継がれ、補選で、当選なさった、ご長男とともに、まず、当選は間違いないでしょう」

「顔は、松井さんに、よく似ているんでしょうね？」

「そりゃあ、ご兄弟ですから、よく似ていらっしゃいますよ。背恰好《かっこう》も、お声もです。気持ちが悪くなるくらい、似ていらっしゃいますね」

と、事務局長は、笑顔で、いった。

「五十嵐工業というのは、どういう会社なんですか？　申し訳ないんですが、よく知りませんので」

と、橋本は、きいた。

「中堅の精密機器メーカーですよ。外国にも製品を、輸出しています」

「例《たと》えば、どんなものをですか？」

「機械の心臓部分であるベアリングなどの製造です」

「どの程度の規模の会社ですか？」

と、橋本が、きくと、事務局長は、眉《まゆ》をひそめて、

「あなたは、藤川先生のことを、聞きに来られたんじゃないんですか？」

「そうです。さっきお願いした、藤川さんの奥さんの写真は、見せて頂けますか？」

「私どものところには、ありませんよ。そうした個人的なものは」

と、事務局長は、そっけなく、いった。

仕方なく、橋本は、いったん、S大を、辞することにした。

わからないことだらけだが、それでも、橋本の頭の中で、何人かの名前が、結びついてきた。

亡くなったゲルト・ハイマーを、中心にして、考えてみる。

ゲルト・ハイマーと、S大の藤川という教授が、親しかった。

そのS大の学長を、松井がやっていて、彼が亡くなったあとは、松井の弟の五十嵐弘が、学長になっている。

ゲルト・ハイマーの下で働いているハインリッヒに、松井ゆみが、夢中になっている。

更《さら》に、藤川の妻は、ドイツ人である。

彼らが、本当は、どんな関係にあるのか、今のところ、橋本には、見当がつかなかった。表面的にわかったこと以上の、何か、どろどろした関係にあるのかもしれない。

橋本は、自分の事務所に戻ると、ちょっと考えてから、N興信所の佐川《さがわ》に、電話をかけた。

橋本が、私立探偵をやるようになってから、知り合った男で、N興信所では、もっぱら、信用調査を、やっていた。

「五十嵐工業のことを、知りたいんだよ」

と、橋本が、いうと、佐川は、

「まさか、五十嵐工業の株を買おうというんじゃないだろうね？」

「株？」

「二部に、上場されているよ」

「いい株じゃないのか？」

と、橋本は、きいた。

「ちょっとばかり、推奨しかねるね」

「なぜ？」

「悪い会社じゃないんだ。どちらかといえば、優良会社なんだが、成長を焦るあまり、五年前に、ココム違反をした」

「共産圏への禁輸製品の輸出か？」

「そうだ。今なら、問題ないのかもしれないが、当時は大問題になってね。五十嵐工業では、輸出部長が、辞職したり、社長が、通産省に、お詫びに行ったり、大変だった。どうも、あれ以来、業績が、ぱっとしないんだよ」

「どんな製品を、どこへ輸出したんだ？」

「超小型のベアリングを、東ドイツへ輸出したんだ。どうも、これが、東ドイツを通して、ソビエトに、流れたらしいということもあって、アメリカからも、叩かれてね」

「東ドイツか」

「五十嵐工業のことを、調べているのか？　どんな調査依頼なんだ？」

と、佐川が、きく。

「実は、社長の五十嵐弘のことを調べているんだよ」

「ああ、あの社長か」

「どんな男だ？」

「そうね。一言でいえば、野心家だよ。実は養子でね」

「亡くなった松井元大臣の弟だろう？」

「よく知っているね。今いったココム違反事件も、五十嵐弘の野心が、原因だったんだ。まだ、先代の社長が、健在の時でね。この社長は、どちらかというと、安全運転で、やって行こうというほうだったんだが、養子の五十嵐弘は、安全運転じゃ業績は伸びない、冒険をしなければというので、あの事件を引き起こしたんだ。実兄が、松井代議士だから、何とかなると思ったんじゃないかね。先代の社長は、心労から、亡くなってしまったんだ」

「じゃあ、今は、おとなしくしているのかな？」

「いや、そんな男じゃないよ。何か画策しているんじゃないのかね。それに、五十嵐工業は、今のままでは、じり貧だから、焦りもあると思うよ」

と、佐川は、いった。

「五十嵐工業は、今でも、東ドイツや、ソビエトと、関係があるんだろうか？」

「そりゃあ、向こうに、何人も、知り合いがいるんじゃないかな」

「六本木にあるドイツ料理の店を、知っているか？　オーナーのドイツ人が、車にはねられて、亡くなったんだが――」

「ああ、そのニュースは、見たよ。しかし、おれは、食べに行ったことはないよ」

と、佐川は、いった。

2

その夕方、亀井が、橋本の事務所を訪ね、五十嵐工業の話を聞いた。

「もう一つ、興味のある話を聞きました」

と、橋本が、いった。

「どんなことだ？」

「例のS大の藤川教授ですが。急に、奥さんと一緒に、ドイツへ行くことになったらしいのです。私が、S大に電話して、もう一度、藤川先生に会いたいというと、明日の早朝の飛行機で、ドイツに発《た》つというんですよ。なんでも、三カ月前に、すでに決まっていたことで、ドイツ統一の動きを、じかに、見て来るのだというんですが。その前に、藤川教授に会った時も、S大の事務局長に会った時も、まったく、そんな話は出ていませんでした」

と、橋本は、いった。

「三カ月前からの予定というのは嘘で、急遽《きゅうきょ》立てられたドイツ行ということか?」

「私には、そんな感じがして仕方がありません」

「君が、藤川教授のことを、突っついたので、逃げ出すのかな?」

「そんな気がしています」

「奥さんも一緒だといったね?」

「S大のほうでは、そういっていました」

「奥さんは、ドイツ人か」

「名前は、エレナですが、どんな女性なのかまったく、わかりません。写真を手に入れたかったんですが、それも、うまくいきませんでした」

橋本は、申し訳なさそうな声を出した。

「君は、十分にやってくれているよ。藤川教授の奥さんが、ドイツ人とわかっただけでも、大きな収穫だ。さっそく、十津川警部に、連絡しておくよ」

と、亀井は、いった。

「十津川警部は、お元気ですか？」

「ああ、元気だよ。ドイツで、何をしているかは、君に、話せないんだが――」

「わかっています」

と、橋本は、笑顔で、いい、

「藤川教授は、明日の早朝の便で、出発するので、私は、それまでに、夫妻の写真を手に入れてきます」

と、付け加えた。

「頼むよ」

と、橋本の肩を叩き、新しく、十万円の調査費を渡して、亀井は、彼と、別れた。

自宅へ帰ると、今度は、ベルリンにいる十津川に、電話をかけた。ベルリンは、午後四時頃のはずだった。

亀井は、橋本が、調べてくれたことを、全て、十津川に、知らせた。

「なかなか、面白いね」

と、十津川は、いった。

「明日の早朝、藤川夫妻も、日本を出発して、そちらへ行きます。逃げ出すのだと、思いますが、その他に、ドイツへ行って、何かするのかもしれません。今度の事件に関してです」

「なるほどね。私と、日下君が、ベルリンへ来て、調べ始めたのが、東京に聞こえて、藤川夫婦が、急遽《きゅうきょ》、やって来ることになったのかもしれないな」

と、十津川は、いう。

「すると、藤川夫婦は、例の拳銃の件に、どこかで、関係しているということでしょうか？」

「そういうことも、考えられるよ」

「橋本君が、藤川夫婦の写真を何とかして手に入れるといっていましたから、そちらに、ファックスで、送りましょう」

と、亀井は、いった。

「五十嵐工業が、ココム違反を犯した時、問題の超小型ベアリングは、東ドイツを通して、ソビエトに売られたんだね？」

「そうらしいです」

「それに、松井元大臣も、関係したとみていいんだろうね？」

「私は、そう思います。これは、今から五年前の事件ですが、松井さんが、大臣を辞《や》めたのも、その頃ですから」

「だが、その密輪で、東ドイツ、或いは、ソビエトに、友人、知人が出来たということだろうね」

「面白いのは、例のゲルト・ハイマーが、日本に亡命したのも、五年前です」

と、亀井は、いった。

「確かに、面白いね。ひょっとすると、そうしたものは、全て、どこかで、つながっているのかもしれないな」

「そして、五年後の、今度のオリエント急行事件に、つながっているんじゃないかと、思いますね」

「五年前のココム違反事件で、五十嵐工業が、東ドイツに、ベアリングを輸出したとき、向こうの窓口になった公社なり、個人の名前を知りたいんだがね」

「すぐ、調べてみます」

と、亀井は、いった。

「こちらは、壁にぶつかってしまってね。東ドイツに駐留しているソビエト軍には、なかなか、接触できないのでね」

十津川は、少しばかり、疲れた声で、いった。

「向こうから、接触してくるドイツ人は、どうですか？」

「一人、射殺されてからは、まったく、いないね。あれは、警告で、殺されたのかもしれない」

と、十津川は、いう。

「こちらの新聞にも、東ドイツを含めて、東欧各国に駐留しているソビエト軍の士気が衰え、規律がゆるんでいると、報道しています」

と、亀井は、いった。

「そうか。ただ、そういう報道が、どこまで、事実なのか、わからないんだよ」

「確かに、そうですね」

「今、日下刑事が、トカレフ拳銃が欲しい、高額で買ってもいいと、触れまわっている。このベルリンで、ロコミが、どのくらいの効果があるのかわからないが、上手くいけば、トカレフを売りたいという人間が、現われるだろうと、期待しているんだよ」

「佐伯さんも、同じことを、やったんでしょうか？」

と、亀井は、きいた。

「彼が、どんな方法をとったのかは、わからないが、東ドイツ人が、佐伯に、接触して来たことは、間違いないと、思っている」

「なるほど」

「その結果、佐伯が、どうなったかは、不明なんだが、彼の愛用していたライターを、射殺された男が、持っていたところを見ると、あまり、明るい期待は、持てないんだ」

と、十津川は、いった。

「しかし、そのライターは、佐伯さんが、何かの礼に、そのドイツ人にやったものかもしれませんよ」

「私も、そう思いたいんだがね」

と、十津川は、いった。

「東京は、よく晴れていて、珍しく、星がよく見えてますが、そちらは、どうですか？」

「雨が降ってるよ。冷たそうな雨だね」

と、十津川は、いった。

第一章　モスクワ

1

電話を切って、十津川は、改めて窓の外に眼をやった。雨は降り続いている。いかにも、冷たい感じの雨である。

丸一日、何の連絡もなかった。日下が、口コミで、エサをばらまいてくれているのだが、まったく、反応がないのだ。

東ベルリン地区の廃工場で、ドイツ人が射殺されたせいだろう。

日下が、十津川に、インスタントコーヒーを入れてくれた。

「カメさんのようには、うまくいきませんが」

「いや、ありがとう」

と、十津川は、礼を、いった。

コーヒーを飲みながら、ホテルのロビーから持って来た英字新聞に、眼を通した。

ドイツ統一問題は、相変わらず、トップを飾っているが、前ほどの熱っぽさは、消えている。ドイツは、統一すべきではなかったといった意見も載っているし、西ドイツは、いいが、東ドイツでは、失業者が増えるだろうという予測が、一般的らしい。

日下は、東ベルリン地区で買って来た新聞を取り出すと、十津川に向かって、

「出ています」

「何がだい？」

「この新聞社に、三行広告を頼んだでしょう？　それが、載っています」

と、日下は、いった。

何とか、もう一度、佐伯の消息を知っている人間に会いたくて、東ベルリン地区の新聞に、三行広告を、載せることにしたのだ。

昔の東ドイツの新聞なら、日本人の十津川が、いくら頼んでも、こんなものは、載せてくれなかったろうが、今は、ドルを払えば、いくらでも、載せてくれるのだ。

文面は、十津川が考え、日下がドイツ語に、翻訳した。

〈行方不明の日本人「サエキ」の消息を得たいと思います。お礼は十分に差し上げます〉

〈ミスター・トカレフについて、話し合いたし〉

この二つの三行広告である。どちらかに、反応があるかもしれないし、どちらにも、反

応はないかもしれない。

どちらにも、このホテルの電話番号と、十津川の名前を、記入しておいた。

「反応があると思うかね？」

と、十津川は、コーヒーを、かきまわしながら、日下に、きいた。

「まったく、わかりません。何しろ、相手の正体が、はっきりしませんから」

「そうだな」

「それに、ドイツ自身が、今、激動の中にいますからね。どう動くのかも、わかりませんし」

「日本では、動いているようだよ」

と、十津川は、いった。

「ゲルト・ハイマーが、殺された件ですか？」

「その余波も起きている。Ｓ大の藤川教授夫妻が、日本を逃げ出して、このドイツに来るらしい。明日じゅうには、着くはずだ」

「奥さんが、ドイツ人という教授ですね？」

「そうだよ」

「ただ単に、逃げて来るだけでしょうか？」

と、日下が、きいた。

十津川は、眼を大きくして、

「と、いうと？」

「ただ逃げるだけなら、注目されているドイツよりも、アメリカや、南米に行くんじゃありませんかね」

「すると、何のために、藤川夫妻は、このドイツにやって来ると、思うんだ？」

「例のオリエント急行の事件が起きてから、東京では、ゲルト・ハイマーが死亡し、ベルリンでは、東ドイツの元陸軍将校が、射殺され、佐伯さんが、行方不明になっています。拳銃の密輸に、どんな連中が関係しているのかわかりませんが、われわれが、動き出したので、殺人が起きたりしているのだと思います。藤川夫妻は、その収拾に、急遽《きゅうきょ》、このベルリンに、やって来るんじゃないかと思うんです。もちろん、日本から一時、姿を消すという目的も、あるでしょうが」

日下が、いった時、電話が鳴った。三行広告への反応かと、十津川は、緊張して、受話器を取ったが、フロントからで、東京から、ファックスが入っているということだった。

日下が、すぐ、飛んで行き、東京から送られてきた藤川夫妻の顔写真のファックスを、持って来た。

藤川と、妻のエレナの顔が、はっきりと、描かれていた。ただ、白黒なので、妻のエレナの髪の色について「ブロンド」と注意書きがしてあった。

〈夫妻が、フランクフルトに着くのは、現地時間の十一月四日、午前一一時〇五分の予定です。利用するのは、ルフトハンザ710便です。亀井〉

とも、添書きしてあった。

2

「明日、空港へ行って、この夫婦の行動を、見張りますか？」

と、日下が、きいた。

「そうだな」

と、うなずいたものの、十津川には、迷いがあった。二人で、フランクフルトへ行っている間に、連絡があったら、困ると思ったのである。

「とにかく、今日一杯、考えてみよう」

と、十津川は、いった。

その夜、午後十時を過ぎた頃、男の声で、電話が入った。英語だったので、十津川が、応対した。

「トカレフが欲しいというのは、本当かね？」

と、男は、きいた。ドイツ訛《なま》りのある英語だった。

「ああ。欲しい。ドルで払うよ」

と、十津川は、いった。

「罠《わな》じゃないだろうね？」

「そんなことはない。とにかく、トカレフを何丁も欲しい。実弾つきでだ。いくら高価でも構わないよ。何とかなるのかね？」

「それは、金次第だ」

「金はある。問題は、いつ、何処《どこ》で、買えるのかということだ。それに、日本まで、持ち帰る方法だ」

「それは、そちらの考えることだろう？」

「しかし、この前は、日本へ行くオリエント急行の客車の屋根裏に隠したじゃないか。同じような工夫を、今度もしてくれて、いいんじゃないかね？」

十津川は、いってから、少し、いい過ぎたかなと思った。まだ、相手の正体が、まったくわからないのである。トカレフも、手に入れてはいない。その時点で、相手を用心させてしまったのでは、元も子もなくなる。

十津川は、一瞬、黙ってしまったが、男は、

「わかった」

と、いった。

十津川は、ほっとしながら、

「少なくとも、トカレフを、五十丁は欲しい。いつ、何処で、受け取れるんだ？」

「殺人が起きたので、警察がうるさくなった。だから、用心深く、やりたい。このベルリンでは、無理だ」

「じゃあ、何処へ行けばいいんだ？」

「モスクワ」

と、相手がいった。

「モスクワだって？」

「明日じゅうに、モスクワに行き、シベリア鉄道に、乗ってもらう」

「ちょっと待ってくれないか。明後日《あさって》では、いけないのか？」

「トカレフが、要《い》らないのなら、構わないよ」

と、相手は、脅かすように、いった。

「モスクワへ行って、シベリア鉄道に乗れば、間違いなく、トカレフが、手に入るのかね？」

「そうだ」

「どうやって、手に入る？」

「それは、こちらで、やるよ。委《まか》せておけばいい。とにかく、明日じゅうにモスクワへ行くんだ。モスクワに着いたら、東モスクワホテルに入れ。明日の午後一時までに入るんだ」

男は、一方的に、喋る。

「そういわれても、予約《リザーブ》は取ってないぞ」

「それは、大丈夫だ。君たち二人の予約はしておいた」

「もう少し、遅く着くのは、まずいのかね？」

「こちらの指示通りに動いてもらいたい。これ以上、犠牲者を出したくないんだよ」

と、男は、いった。

「わかった。だが、約束は守ってもらうよ」

と、十津川は、釘《くぎ》を刺した。

「大丈夫だ。金を忘れるなよ。一丁二千ドルだ」

「二千ドル？」

「安いもんだろう。日本円で、二十四万円だよ。日本では、拳銃は一丁百万円で、取引きされているはずだ。日本に、持ち込めば、ボロもうけだろう」

と、男は、いった。

とにかく、約束して、十津川は、電話を切った。

「モスクワですか？」

と、日下が、きく。

「明日の午後一時までに、モスクワの東モスクワホテルへ入れと、いっている」

「午前十一時に、フランクフルト空港へ寄っていては、間に合いませんね」

日下が、当惑した顔で、いった。

「だから、空港へは、君が一人で行って、藤川夫妻が着くのを確認してもらいたい」

と、十津川は、いった。

「わかりました。藤川夫妻が、何処に落ち着くのか、確認してから、私も、モスクワに急ぎます」

「それでいい」

十津川は、煙草を取り出して、火をつけた。

「なぜ、急に、モスクワと、いったんでしょうか？」

と、日下は、眉《まゆ》をひそめて、きいた。

「男は、このベルリンでは、危険になったからだと、いっていたがね」

「モスクワなら、安全なんですかね？」

「それは、わからないよ。第一、オリエント急行の客車に、トカレフ百丁を積み込んだのが、このベルリンの駅なのか、それとも、ワルシャワなのか、モスクワなのかも、わかっていないんだからね」

「シベリア鉄道のどこかの駅かもしれませんね」

「そうだよ。何しろ、ウラジオストクまで、長い旅だったわけだから、積み込むチャンスは、いくらでもあったんだ」

と、十津川は、いった。

「明日、藤川夫妻が、フランクフルトに到着するので、われわれを、遠ざけておくためということも、考えられませんか？」

と、日下が、きいた。

十津川は、うなずいた。

「最初に考えたのは、そのことだよ。午後一時までに、モスクワに着けというのも、そのためかと思った。しかし、たとえ、そうであっても、無視するわけには、いかんじゃないか。われわれには、今のところ、打つ手がないんだから」

と、十津川は、いった。

十津川は、明日に備えて、早く眠ることにした。

翌朝、早く、ホテルをチェック・アウトし、日下は、鉄道で、フランクフルトに向かい、十津川は、東ベルリン側の空港から、ソビエトのアエロフロートで、モスクワに向かった。

乗客の中には、東ドイツに駐留しているソビエト軍人の姿もあった。休暇で、帰国するのか、それとも、ソビエト軍の撤退の一部なのか、十津川には、わからない。

商社員らしい日本人も、二人、乗っていた。

昼前に、モスクワ空港に着いた。モスクワの空は晴れていて、飛行機から降りると、風が、顔に冷たかった。モスクワは、すでに、初冬なのだ。

ソビエトということで、十津川は、緊張したが、税関手続きは、意外に簡単だったし、係官も、にこやかだった。

タクシーを拾って、東モスクワホテルに向かった。

窓の外を流れるモスクワの街は、さすがに、多民族国家の首都という感じがした。白人もいれば、アジア人もいる。中東の人たちも歩いている。考えてみれば、ソビエトは、イランとも、国境を接しているのだ。

指定された東モスクワホテルに、果たして、本当に、予約が取ってあるのだろうかと、不安だったが、フロントで、確認すると、間違いなく、十津川の名前で、部屋が、予約されていた。

広いロビーには、日本の団体が着いていた。成田からの直通便で、着いたらしい。

二十五、六人の団体だった。ただの観光客という感じではなく、ソビエト政府の人間と思われる男二人が、通訳つきで、日本人たちに、何か、話していた。

耳をすませると、「政府を代表して、歓迎します」と、いったようなことを、喋ってい

る。

（ソビエト政府が、招待した人たちか）

と、思った。経済視察団かもしれない。

十津川が、自分の部屋に入り、スーツケースを置くとすぐ、電話が入った。

昨夜の男だった。

「こちらの指示通りに、モスクワに入ったんだな」

と、男は、いった。

「ああ。だから、間違いなく、約束を、実行してくれよ」

「もう一人は、何処にいるんだ？　まさか、妙な動きをしているんじゃあるまいな？」

「モスクワに着いたあと、ちょっと、買物をしてもらっているだけだよ。こちらは、寒い

ので、セーターをね」

と、十津川は、いった。

第二章　赤い流星号

1

日下は、夜になって、東モスクワホテルに着いた。さすがに、疲れ切った顔をしている。

「確かに、藤川夫妻が、フランクフルトに着きました。空港から、タクシーで尾行しましたが、夫妻は、市内のホテルに入りました」

「ベルリンには、行かなかったのか？」

「はい」

「とにかく、ありがとう」

と、十津川は、礼をいった。

日下が、シャワーを浴びているところへ、例の男の電話が入った。

「明日、シベリア鉄道に乗れ」

と、相手は、いきなり、英語で、いった。

「明日？」

「そうだ。シベリア鉄道は、ヤロスラブリ駅から出発するから間違えるな。発車時刻は、モスクワ時間の一五時〇五分だ」

「どの車両に乗ってもいいのかね？」

「十八両編成の十一号車に乗れ。二人用個室だから、君たちには、丁度いいだろう」

と、男は、いった。

「どこまで、乗って行けばいいんだ？」

「終点までの切符を買え。ウラジオストクまでだ」

「列車に乗っていれば、何とかなるのかね？」

「君の希望がかなうはずだ」

と、男はいい、勝手に、電話を切ってしまった。

シャワールームから出て来た日下が、タオルで、身体を拭《ふ》きながら、

「例の男からですか？」

「そうだ。明日のシベリア鉄道に乗れと、いって来た。一五時〇五分発だと、教えてくれたよ」

と、十津川は、苦笑した。

「列車の中で、何をする気ですかね？」

「たぶん、取引きをするつもりだろう」

「トカレフをですか?」

「われわれが、買いたいというシグナルに、反応してきたんだからね。或いは、佐伯について情報を売る気なのかもしれない」

と、十津川は、いった。

「そうだと、いいんですが――」

日下は、小さく呟《つぶや》いた。十津川は、それを見て、

「違うことを、考えているみたいだな」

「何しろ、佐伯さんの行方は、わかりませんし、東ドイツ国軍の元将校が、射殺されていますからね。ひょっとして、われわれを、シベリア鉄道に乗せておいて、殺す気かもしれません」

と、日下は、いった。

十津川は、別に、否定もせず、

「もし、そうだとしても、明日、シベリア鉄道に乗らざるを得ないよ。じっと、ホテルに籠《こ》もっていては、何も解決できないんだからね」

と、いった。

「わかっています」

「よし。今日は、早く寝て、明日に備えよう。全て、上手くいくように、祈るよ」

と、十津川は、自分にいい聞かせるように、いった。

亀井の自宅へ、電話を入れ、明日からの、予定を、伝えて、横になった。

気負ったせいか、なかなか眠れなかった。その上、夜中に、腹が痛くなった。どうやら、このホテルの食事の時、飲んだ水がいけなかったらしい。モスクワでは、水に注意して、市販のものを飲めといわれていたのに、それを、つい、うっかり忘れてしまったのである。

「起きてるか？」

と、十津川は、小声で、日下を呼んだ。

「ええ。眠れませんので」

「悪いが、腹痛の薬を持っていないかね。どうも、このホテルの水が、悪かったらしい」

「持っていますよ」

と、日下は、いい、起き上がると、ボストンバッグから、薬を出してくれた。

十津川は、それを飲んだ。

2

何とか、腹痛がおさまって、十津川は、眠ることができた。が、翌朝、眼をさましても、朝食をとる気になれず、昼近くまで、ベッドに、横になっていた。

その間に、日下が、切符の手配に、行ってくれた。

「フロントで、シベリアの鉄道の切符のことを聞いたら、ちゃんと、届いていました。警部宛《あて》の封筒に入ってです。今日の『ロシア号』の十一号車の切符が二枚です」

と、日下は、封筒を見せた。

表に、英語で、ミスター・十津川と書かれ、中は、日下のいう通り、十一号車の切符二枚だった。

ホテルは、正午が、チェック・アウトなので、十津川と、日下は、ホテルを出て、タクシーで、ヤロスラブリ駅に向かった。

駅には、午後二時前に着いた。列車の発車までには、まだ、一時間以上ある。

駅の近くに、協同組合形式のカフェがあったので、そこで、サンドイッチと、コーヒーの簡単な昼食をとった。

そのあと、駅の構内に入って行った。

古めかしい、がっしりした建物である。そして、屋根のない長いホーム。

そのホームに、ウラジオストク行のロシア号が、入線していた。

十八両編成で、しかも、一両が、日本の車両よりも、二、三メートル長いので、長大な列車に見えた。

巨大な電気機関車は、ワインレッドの車体に、黄色いラインが、入っている。

食堂車が二両、あとは、客車である。

二人用個室は、十一号車だけで、あとは、四人用個室の車両と、一般車だった。

十津川と、日下は、入口のところに立っている制服姿の女車掌に切符を見せ、指定された個室に入った。

中は広く、ベッドが二つ、並べて置かれている。

十一号車の二人用個室は、八室だった。

窓から、ホームを見ていた日下が、

「日本人が多いですねえ」

と、びっくりしたように、いった。

十津川も、窓から見下ろした。なるほど、アタッシェケースを持った日本人が、二十五、六人、明らかにソビエトの高官とわかる人たちに案内されて、ホームを歩いて来るのが、見えた。

「あれは、ホテルにいた日本人たちだよ。確か、経済視察団とか、いっていた」

「じゃあ、シベリア開発について、ソビエト政府と、協議しに来たんじゃありませんか。フロントの男が、そんなことを、話していましたから」

と、日下が、いった。

「すると、ソビエトの担当官と一緒に、シベリアの現地を見に行くのかもしれないな」

と、十津川は、いった。

「騒がしいことになるんじゃありませんか？」

「なぜ？」

「今、ソビエトは、日本の経済援助が欲しいわけでしょう。特にシベリア開発のための援助がです。そんな時に、訪れた経済視察団ですからねえ」

「特別待遇か」

「そうですよ。それで、得意になって、車内で、わが物顔で、振る舞うかもしれませんよ」

と、日下は、いった。

「その恐れはあるね」

十津川も、苦い顔になった。アメリカへ行った時、商社員の傍若無人《ぼうじやくぶじん》な行動に、辟易《へきえき》したことがあったからである。

ソビエトのような国で、国家の賓客《ひんきやく》ということになれば、もっと、傲慢《ごうまん》に、振る舞うかもしれない。

「なるたけ、連中と、顔を合わせたくないね」

と、十津川は、いった。

「それなら、食堂車へも、時間をずらせて行くようにしましょう」

と、日下は、いった。

「問題の連絡は、あるのかな」

十津川が、独《ひと》り言《ごと》のようにいった時、ベルも鳴らず、ロシア号は、ゆっくりと、発車した。

窓の外に、巨大なアパート群が見える。まだ建築中のアパートも、あった。

朝は、よく晴れていたのだが、いつの間にか、どんよりと、曇ってきた。

日下が、ウラジオストクまでの簡単な時刻表を、メモしてきていて、それを、十津川に、見せてくれた。

モスクワ	15.05	(1日目)
↓		
キーロフ	3.45 / 4.00	(2日目)
↓		
スベルドロフスク	15.57 / 16.12	
↓		
オムスク	2.58 / 3.13	(3日目)
↓		
ノボシビルスク	10.13 / 10.28	
↓		
イルクーツク	15.58 / 16.06	(4日目)
↓		
チタ	8.52 / 9.05	(5日目)
↓		
ハバロフスク	0.48 / 1.05	(6日目)
↓		
ウラジオストク	13.40	(7日目)

もちろん、これ以外の駅にも、数多く、停車する。

今まで、終点のウラジオストクは、軍港なので、外国人は、立ち入ることができず、ハバロフスクで、降りることになっていたのである。それが、今日は、日本人の十津川たちも、ウラジオストクまで、乗って行くことができるのだ。

全行程、九二九七キロ、六泊七日の旅である。

このどの辺りで、電話の男は、接近してくるのだろうか？

それとも、日下の不安が当たって、誰かが、二人を殺しに来るのだろうか？

3

夕暮れが近づいたが、何の変化もなかった。

日下が、部屋を出て、食堂車まで、様子を見に行ったが、戻って来ると、

「駄目ですね。誰も話しかけて来ません」

と、十津川に、報告した。

「今度は、私が、見て来よう」

と、十津川は、いい、日下に代わって、通路に出た。

通路を、食堂車に向かって、歩いて行った。四人用の個室が並んでいる。大きな声の日本語が、聞こえてくる。ヤロスラブリ駅で見た日本人たちが、通路に出て、大声で、話し

合っているのだ。

いずれも、中年で、きちんとした背広姿なので、よく目立つ。日本人同士の気安さから か、ソビエトの現状を、こっぴどく、やっつけていた。

どの男も、大企業のバッジをつけているから、エリートサラリーマンなのだろう。

食堂車も、彼らが、占領していた。ここでも、大声で、ソビエト批判をしている。ソビエトの高官が、彼らの話を、ニコニコ笑いながら聞いている。それが、ますます、彼らを、いい気にさせているようだった。

もう一両の食堂車は、造りが粗末で、ソビエト人らしい乗客だけで、外国人観光客の姿はなかった。どうやら、外国人観光客用と、食堂車を分けているようだった。

十津川は、時々、通路に立ち止まって、じっと、窓の外の夜景を眺めたりしてみたが、いっこうに、話しかけてくる人間は、いなかった。

十津川は、部屋に戻ると、午後八時過ぎに、日下と、食堂車へ行ってみた。

まだ、四、五人の乗客が残っていたが、さっき、大声で喋り合っていた日本人たちは、姿を消していた。

メニューには、英語も書いてあったので、二人は、ビール、ボルシチュー、パンを注文した。

食事をしながら、のんびりと、窓の外の景色を楽しむのはいいものだった。

だが、ちらちらと、佐伯のことや、トカレフが、頭に浮かんでくる。

「まさか、このまま、何もなく、終点まで行ってしまうんじゃないでしょうね」

と、日下は、いった。

「そうなったら、また、ベルリンに引き返して、最初から、やり直すよ」

と、十津川は、いった。

アメリカ人らしい中年の夫婦連れが、食堂車に入って来て、ビールを飲み始めた。だが、十津川たちに、連絡してくる乗客は、現われない。

「今日は、諦《あきら》めたほうが、良さそうだね」

と、十津川は、いった。

何といっても、六泊七日の旅である。相手も、ゆっくりと、連絡をつければいいと、考えているのかもしれない。

一時間ほど、食堂車にいて、二人は、個室に戻った。

十津川は、疲れて、ベッドに、仰向《あおむ》けに寝転んだ。

このまま、佐伯の消息も摑めず、オリエント急行に隠されていたトカレフ拳銃の謎《なぞ》も解けないのではないか。そんな不安が、頭をよぎってくる。

何よりも辛《つら》いのは、こちらから動くことができず、何者ともわからない連中からの呼びかけを待たなければならないことだった。

深夜になって、十津川が、やっと、眠ったところを、日下に、起こされた。

眼を開けると、日下が、小声で、

「藤川夫妻が、乗っています」

と、いった。

「本当か？」

「今、トイレに立って、何となく、食堂車の方へ歩いて行きましたら、通路に、藤川の奥さんが、立っていました。きっと、藤川も、乗っていると思いますね」

「間違いないのか？」

「ドイツ語で、話しかけてみました。間違いありません。フランクフルト空港で見た藤川の奥さんですよ」

と、日下は、緊張した顔で、いった。

「よかった」

と、十津川は、呟いた。

「なぜですか？」

「藤川夫妻は、明らかに、われわれのことを知っていて、この列車に乗って来たんだ。つまり、何も起きずに、ウラジオストクまで行ってしまうことは、なさそうだよ」

と、十津川は、嬉《うれ》しそうに、いった。

第三章　連動

1

亀井が、事務所を、引き上げた後、橋本は、愛車の中古車を、道路の端に停め、いつものように、六本木の問題のレストランを、監視し続けた。

マスターのゲルト・ハイマーの、告別式に、顔を出したあと、他に、方法がなかったからである。

ゲルト・ハイマーは、死んだが、何事もなかったように、明かりがつき、客を迎えている。

ゲルト・ハイマーの代わりに、店を取りしきっているのは、美男子の若いハインリッヒである。

ゲルト・ハイマーは、五年前、東ドイツから、西ドイツを経由して、日本に亡命した男である。

ハインリッヒとゲルト・ハイマーとの関係は、何なのだろう？　ただの経営者と、使用人の関係なのだろうか？

わからないことだらけだった。亀井にも、ききたいことが、沢山《たくさん》あるのだが、それも約束で、できない。

ただ、橋本にわかっているのは、ゲルト・ハイマーの死が、ただの交通事故ではないということだった。

刑事だった橋本の勘である。十津川が動き、亀井の命令で橋本が動いた。その結果が、ゲルト・ハイマーの死なのだ。あれが、単なる交通事故のはずがないのだ。

午後十時過ぎに、また、松井ゆみが、車でやって来た。

例によって、ハインリッヒに、会いに来たのだ。食事をし、午前二時近くまで飲み、彼女のベンツを、ハインリッヒが運転して、出かける。前も、そうだった。行く先は、松井家の箱根《はこね》の別荘である。

たぶん、今夜も、そうなるだろう。

松井ゆみが、ハインリッヒに首ったけなのは、はっきりしている。わからないのは、ハインリッヒの気持ちである。

あのブルーの眼が、いったい何を考えているのか。単純に、松井ゆみを愛しているとは、思えない。あの眼には、強い野心を感じるからだ。あの男にとって、ゆみは、愛の対象というより、自分の野心を達成するための道具なのかもしれない。

橋本は、腕時計に眼をやった。

間もなく、午前二時になる。

(そろそろ、二人が出て来るぞ)

と、思った。

店の明かりが消え、ハインリッヒと、ゆみが出て来た。

ゆみも、日本人としては背の高いほうだが、一九〇センチ近いハインリッヒと並ぶと、小さく、可愛《かわい》らしく見える。

いつもの通り、二人は、彼女のベンツに乗り、ハインリッヒが運転して、走り出した。

橋本も、間を置いて、尾行を開始した。行く先が、わかっているのだから、気は楽だった。例によって、東名高速に出て、西に向かい、小田原《おだわら》から、箱根に入って行くだろう。

別荘に着くのは、たぶん、午前四時頃になる。この前も、そうだった。

ハインリッヒの運転するベンツは、予想した通り、東名高速に入り、八〇キロのスピードで、西に向かった。

橋本も、ゆっくりと、尾行する。

突然、前を行くベンツが、スピードを上げた。

あわてて、橋本も、アクセルを踏み込んだが、ベンツは、狂ったように、一〇〇、一二〇、一三〇キロと、スピードを上げていって、たちまち、引き離された。橋本の中古のミニ・クーパーとでは、加速性能が、違うのだ。

大型のトラックが、一台、二台と、橋本の車の間に、入って来て、ベンツを見失ってしまった。

橋本は、必死になって、車を走らせた。大型トラックを、何台も、追い抜いた。が、ベンツは、見つからなかった。

仕方がないので、そのまま、松井家の箱根の別荘に向かった。

御殿場《ごてんば》近くの別荘である。亡くなった松井元大臣が、建てた別荘で、落ち着きのある、白い建物だった。

午前四時過ぎに、橋本は、この別荘の前に着いた。が、ゆみのベンツは、見えなかった。

(早く来過ぎてしまったのだろうか?)

と、思い、しばらく、別荘の前で、見張っていたが、ベンツは、なかなか、姿を現わさなかった。

夜が明けた。が、同じだった。

(まかれたのか?)

と、やっと、橋本は、気づいた。箱根に行くと、思い込んでいた橋本自身も、うかつだったが、相手も、途中から、行く先を変えたのだ。

夜になって、六本木に行ってみると、ハインリッヒは、ちゃんと、店に出て、客に、笑顔を振りまいていた。

毎日のように、来ていた松井ゆみは、今夜は、午前一時近くなっても、姿を現わさなかった。

(尾行に気づいて、お互いに、自重することにしたのだろうか?)

と、橋本は、思った。彼にしてみれば、尾行と、監視には、自信があったのだが、相手は、ちゃんと、気づいていたらしい。

翌日の朝、橋本は、松井家を、今度は、窺《うかが》ってみることにした。

ゆみのほうが、どんな様子か、見てみたかったからである。

大きな屋敷は、ひっそりと、静まり返っていた。

(おや?)

と、最初に、首をかしげたのは、ゆみが乗りまわしていたベンツが、車庫に、見えないことだった。

まだ、午前六時をまわったばかりである。こんな早朝、彼女が、車で、何処かへ出かけるということは、考えにくかった。

あわただしく、車が一台、門に入って行き、五十二、三歳の男が、降りて、家の中に、駆け込んで行った。

橋本は、その男の写真を撮り、車のナンバーを、手帳に、控えた。

（何かおかしいな）

と、思った。

家の中に入った男は、なかなか、出て来ない。

橋本は、車から降りて、近くの公衆電話ボックスに行き、亀井に連絡を取った。

「松井家の様子が、何か変です。娘のゆみがいませんし、男が一人、あわてて、家に入って行きました。この男が誰か、調べてくれませんか」

と、橋本はいい、車のナンバーを、伝えた。

「三十分で、調べておく」

と、亀井はいった。

正確に、三十分して、橋本がかけると、亀井は、小声で、

「その車の持ち主は、代田《しろた》という弁護士だ。松井家の顧問弁護士だよ」

と、教えた。

「顧問弁護士ですか」

「それが、あわててやって来たとすると、何かあったのかもしれないな。引き続いて、見張ってくれ」

と、亀井は、相変わらず、小声で、いった。

橋本は、車に戻ると、もう一度、松井家に眼をやった。

代田弁護士の車は、まだ、玄関の前に、停まったままである。

松井家の家族については、前に、調べてある。主人の元国務大臣は、すでに、死亡しているが、妻の文子《ふみこ》は、健在である。娘のゆみの他に、息子が一人いて、彼は、現在、代議士一年生だった。

他に、お手伝いの女性が二人いる。

顧問弁護士が、あわてて来たというのは、何かあったに違いない。

文子が、亡くなったのだろうか？　大変な個人資産だろうから、遺言状のことで、弁護士が、やって来たのかもしれない。

（それにしても、いやに、あわてていたな）

と、橋本は、思った。

病死なら、顧問弁護士は、別に、あわてることもなく、遺言状を、発表するはずである。

あんなに、あわてて、駆けつけたのは、家族の中に、変死者でも、出たのだろうか？

しかし、それなら、医者か、警察が来てなければ、おかしいのだが。

午前十時を過ぎると、今度は、軽自動車がやって来て、二人の男が、鞄《かばん》をさげて、家の中に入って行った。

医者という感じではなかった。いかにも、サラリーマンという感じの男二人である。

その二人は、五、六分して出て来た。車に乗って、帰って行く。橋本は、その車を追けてみることにした。

彼らの車が、帰ったのは、駅前の銀行だった。

（わざわざ、行員二人が、車で、やって来たところをみると、ただ単に、通帳を持って来たというのではないだろう。たぶん、現金、それも、大金を運んで行ったのだ）

と、橋本は思った。

橋本は、もう一度、松井家へ引き返しながら、頭の中で、今までのことを、整理してみた。

松井家の娘ゆみが、車ごと、いなくなった。

顧問弁護士が、あわてて、やって来た。

銀行から、大金が、運ばれて来た。

この三つから想像されることは、一つしかなかった。刑事や、元刑事なら、簡単に、考えつくことである。

〈誘拐〉

だった。ゆみが誘拐され、身代金として、大金が、要求されているに違いない。警察に告げると、人質が殺されると思い、顧問弁護士に相談し、身代金を払うことにしたのではないか。

橋本は、自分一人では、どう対処していいかわからず、亀井に、連絡した。

亀井も、びっくりしたらしい。

「すぐ、そちらへ行く」

といった。

内密に調べてくれと、橋本にいったのだが、誘拐となると、それを、守ってもいられなくなったのだろう。

亀井は、一人で、やって来た。そのまま、橋本の車に乗り込むと、松井家の方に、眼をやった。

「まだ、動きはないかね？」

「ありません」

と、橋本が、いうと、亀井は、小さな溜息《ためいき》をついて、

「参ったな。こんなことになっていくとは、思ってもいなかったが――」

と、いった。

2

亀井は、橋本からの、電話があった、その日の早朝に、明日、シベリア鉄道のロシア号

に乗るという電話を、十津川から、受けたばかりだった。

ただし、これからは、連絡が難しいだろうということもである。他に、その電話で、十津川が、いったことは、次の二つだった。

どうやら、シベリア鉄道の中で、二回目の接触があるようだ。

藤川夫妻が、フランクフルト空港に着いた。

この二つを、十津川は、モスクワのホテルから、知らせてきた。

もし、ベルリン、モスクワで起きていることが、日本国内とも、つながっているとすれば、東京でも、何か起こるはずである。

藤川夫妻が、急遽《きゆうきよ》、ドイツに飛んだのは、警察の尾行をまくためもあるだろうが、今度の事件が、東京と、連動していることの証拠ではないのか？

亀井は、表だって動けない自分に、いらいらした。六本木のドイツ料理店の関係者全員と、松井ゆみを、はじめとして、不審な動きを見せている、松井家の人間を、強引に連行して来て、訊問《じんもん》したいと思うのだが、それは、できない。

料理店の主人、ゲルト・ハイマーの死が、殺人ということになれば、その捜査ということで、いろいろと、調べられるのだが、轢《ひ》き逃げ事件ではあるものの、なぜか、交通事故ということになってしまった。

十津川とは、電話でも、話し合ったのだが、今度の事件の裏には、明らかに、拳銃の密輪がある。

それに、あのドイツ料理店が、関係があるに違いない。オリエント急行の車両に、百丁のトカレフ拳銃と、実弾を、ひそかに積み込むには、現地の人間と、受取側の日本の人間の協力が必要なはずである。

オリエント急行が、パリからウラジオストク経由で、日本に運ばれる間、何処で、拳銃が、積み込まれたのか不明だが、これに、東ドイツの人間が絡んでいることは、まず、間違いないだろう。

そして、こちらの受け皿が、同じ東ドイツからの亡命者ゲルト・ハイマーだったのか？

それに、日本の政治家が、例えば、八月に、亡くなってはいるが、松井元国務大臣が、絡んでいたのだろうか？

オリエント急行の車両が、日本に上陸した時点で、台車を交換する作業中に、拳銃が、発見された。しかし、それがなかったら、日本の何処かで、拳銃は、何者かに取り出されて、誰も、それに、気づかなかったかもしれない。

だが、失敗し、拳銃の密輸組織は、大きな危険にさらされた。

ほころびた傷口は、応急修理が、必要になった。だから、ゲルト・ハイマーが、消された。知り過ぎていたから殺されたのか、拳銃の密輸に反対だったから殺されたのか、わからないのだが。

佐伯警部が、行方不明になっているのも、その一つの反応といっていいだろう。

亀井にとって、相手の組織の大きさが、どれほどのものかわからないのが、第一の不安だった。十津川も、電話で、同じことをいっていた。十津川と、日下、それに、こちら側は、亀井と、橋本、たった四人で、立ち向かえる相手なのだろうか？

第一四章　誘拐

1

しばらくして、代田弁護士の車が、出て来た。

橋本は、亀井と、その車を追《つ》けることにした。

「これから、身代金の受け渡しだと思います」

と、車を運転しながら、橋本が、いった。

代田の車は、都心に向かって、走って行く。他には、考えられなかったからである。橋本が、こちらの車を近づけると、運転席の代田が、時々、腕時計を見ているのが、わかった。かなりのスピードだった。

「身代金を渡す時刻を気にしているみたいだな」

と、亀井が、いった。

しかし、代田の車は、意外な場所で、停まった。

有楽町《ゆうらくちょう》に近いアメリカンナショナル銀行の東京支店の前である。

代田は、大型のスーツケースを持って車を降りると、それを、重そうに抱えて、銀行の中に入って行った。

「どうしますか？　中に入りますか？」

と、橋本は、亀井に、きいた。

「見て来る」

と、いって、亀井は、車を降りて、銀行の中に入って行った。

先に出て来たのは、代田弁護士だった。続いて、亀井が出て来て、橋本の車に、乗って来た。

「どうでした？」

と、橋本が、きくと、亀井は、難しい顔で、

「てっきり、日本の紙幣を、ドルに換えるんだと思ったんだがね。重さが、減らせるから、犯人が、要求したと思ったんだよ。ところが、代田弁護士は、そのまま、預けてしまった」

「そういえば、出て来た時のスーツケースが、ひどく、軽そうでしたよ」

と、橋本が、いっている間に、代田の車が、動き出した。

「どうしますか？」

「そうだな。とにかく、何処へ行くか、調べよう」

と、亀井は、自信のないいい方をした。

橋本は、車をスタートさせて、代田の車を追った。

しかし、代田の行く先は、銀座《ぎんざ》の彼の法律事務所だった。

「参ったな」

と、亀井は、事務所に入って行く代田を見ながら、呟いた。

「しかし、誘拐があったと、私は、思います」

と、橋本は、いった。

「私も、そう思うよ」

「代田弁護士は、ダミーだったんでしょうか？」

「われわれが、彼を尾行している間に、本当の身代金は、他の人間が、受け渡し場所に運んだということかね？」

「そうです」

「考えられないことじゃないが、あの弁護士がアメリカンナショナル銀行に運んだのは、一億円はあったと思うよ。遠くから見たんだがね」

「銀行の人間が、松井家に運んだのも、大きなスーツケースが、一つだけでした。あれに、二億円は入らないと思います。せいぜい、一億円と、見ましたが」

と、橋本は、いった。

「おかしいな。われわれが、追いかけている間に、他の銀行が、また、松井家に、身代金を届けたのかな。しかし、そんな面倒なことをやる必要はないように思えるがね」

「そうです。万が一、われわれの存在に、気づいたとしても、われわれを、引きつけておくだけなら、古雑誌を詰めたスーツケースを、代田弁護士が、持ち出してもいいわけですから」

と、橋本は、いった。

「確かに、君のいう通りだ」

と、亀井は、うなずいてから、

「松井家に、引き返してくれ」

と、いった。

2

車で、松井邸の前に引き返すと、亀井は、橋本に、

「あの邸にどんな変化が起きるか、見ていてくれ」

「どうされるんですか？」

「電話をかけてみる」

と、いって、亀井は、車を降り、公衆電話ボックスの方へ、歩いて行った。

橋本は、車の中から、松井邸を見つめた。

時間がたったが、何の変化も表われなかった。人の出入りもないし、車もでてくる。
一時間ほどして、亀井が、戻って来た。

「どうだったね？」

と、亀井が、きく。

「表から見ている限り、何の変化もありません」

と、橋本は、正直に、いった。

「電話をかけて、警察だが、お宅の娘さんが、誘拐されたという密告があった。本当かどうか知りたいと、いってみたんだがね」

「どうでした？」

「母親が出て、でたらめだといったよ。そして、娘のゆみを、電話に出した」

「本当に、彼女でしたか？」

「若い女の声だったし、私の質問に、きちんと、答えたがね」

「それだけでは、彼女とは、断定できませんね」

「その通りだが、あの邸の中に、若い女がいることだけは、間違いない。それが、果たして、本物のゆみかどうかは、わからないがね」

「もし、本物のゆみだったとすると、もう帰って来たことになりますね。殺されもせずに」

「誘拐としては、ずいぶん、奇妙な誘拐ということになるね」

と、亀井は、いってから、腕時計に眼をやって、

「私は、もう、警視庁に帰らなければならない。あとは、君に委《まか》せるよ」

「わかりました」

と、橋本は、いった。

亀井が、タクシーを拾うために、歩き去ったあと、橋本は、松井邸の監視を続けた。

あの邸の中で、誘拐が起きていたとすると、亀井のいうように、奇妙な事件ということができる。

まず、人質だ。二十歳《はたち》過ぎた女性である。犯人の顔を見ていれば、警察で、証言されてしまう。だから、成人が人質の場合は、たいてい、無事には、帰って来ない。それなのに、今度の犯人は、さっさと、帰して来たらしい。

もう一つは、身代金である。あわただしく、銀行員が持って来たのは、恐らく、一億円ぐらいだろ。

代田弁護士が、犯人から、身代金の持参人として、指定されたに違いない。だから、彼は一人で、一億円の入ったスーツケースを持って、出かけて行った。

普通なら、ここから、誘拐事件で、一番難しい、身代金の受け渡しが始まるはずなの

だ。犯人にとってだが、こちらも、人質を無事に助け出さなければならないので、この時が、正念場である。

それなのに、代田弁護士は、アメリカンナショナル銀行に行き、一億円を、預けてしまった。

たぶん、犯人が指定した口座に、振り込んだのだろう。犯人が、急に、ドルで欲しいといったので、アメリカンナショナル銀行を、利用することにしたのではないか。

だが、これも、考えてみれば、おかしいのだ。

犯人が、自分の口座に振り込ませれば、いやでも、名前がわかってしまう。偽名で、口座を作っても、銀行員に、顔を見られてしまう。今度の犯人は、なぜ、そんな危険を冒《おか》したのだろうか？

（妙な誘拐だな）

と、思う一方、本当に、ゆみは、帰って来たのだろうかという疑問も、持った亀井の質問に対して、ゆみが、電話口に出たというが、本当に、彼女だったかどうか、わからないからである。

陽《ひ》が落ちても、松井邸には、これといった動きはなかった。

急に、車が一台出てきた。国産のスポーツ・カーだった。

眼を凝《こ》らすと、運転しているのは、松井ゆみである。もう一度、見直したが、彼女に、間違いなかった。

（やはり、帰宅していたのか）

と、思い、あわてて、橋本は、スポーツ・カーのあとを追《つ》けた。

いつものベンツは、誘拐されたときに、乗り捨てた形になったので、今日は、国産のスポーツ・カーにしたのだろうか。

彼女の車は、まっすぐ、六本木に向かった。もちろん、あのドイツ料理の店である。

店は、開いたばかりの時間だった。彼女は、車を放り出すような感じで、店の中に入って行った。橋本も、サングラスをかけて、店内に入ってみた。

二人の若いカップルの客しかいなかった。ゆみの姿が見えない。

（何処へ行ったのか？）

と、思いながら、テーブルに着き、先日と同じように、ジャガイモ料理を頼んでいると、彼女が、奥から、ハインリッヒと一緒に出て来た。

ゆみは、怒ったような顔をしていて、ハインリッヒの腕を摑んで、店を出て行った。

料理を注文した直後なので、橋本は、二人を尾行することができなかった。

それでも、気になって、料理には、一口手をつけただけで、外に出てみた。

とっくに、二人は、いなくなったと思っていたのに、驚いたことに、店の前で、まだ、何か、声高に、いい合いをしていた。

橋本が、出て来たのを見て、二人は、急に、いい合いをやめ、そそくさと、ゆみのスポーツ・カーに、乗り込んだ。

橋本は、急いで、支払いをすませ、自分の車に飛び乗って、彼らのあとを追《つ》けた。

相手は、オープン・カーなので、離れて尾行しても、二人の動きが、よくわかる。もちろん、声の聞こえるわけはないのだが、彼らの身体の動きで、会話が、想像できた。運転しているのは、ハインリッヒのほうだが、ゆみが、手で、彼をぶつようなジェスチュアを、時々している。

(痴話《ちわ》ゲンカか)

と、橋本は、思った。

二人の車は、明らかに、箱根の別荘に向かっていた。

途中から、痴話ゲンカらしさが消えて、彼女が、ハインリッヒの肩に、もたれるような恰好《かっこう》になった。

(馬鹿らしいな)

と、橋本は、苦笑しながら、尾行を続けた。

二人の車は、予想どおり、松井家の別荘に着いた。

いつもなら、それを確認して、帰ってしまうのだが、橋本は、何となく、そのあとも、見たくて、車の中で、横になった。

窓を開け、煙草に火をつけた。

深夜になっても、二人が、別荘から出てくる気配がない。

夜が明けた。

さすがに、この辺りの朝は、寒い。両手をこすり合わせたりしている間に、昨日のスポーツ・カーが、出て来た。

乗っているのは、ハインリッヒと、ゆみである。

橋本は、また、尾行に移った。

東京の市内に入る頃には、陽《ひ》が高くなった。

（あれ？）

と、橋本が、眼を大きくしたのは、二人の車が、有楽町駅近くのアメリカンナショナル銀行の前で、停まったからである。

代田弁護士が、一億円と思われる札束を、預金した銀行なのだ。

ハインリッヒが、一人でスーツケースを持って入って行き、しばらくして出て来た。入る時とは、スーツケースの持ち方が、違っていた。明らかに、空《から》のケースを持って行き、何かを入れて、戻って来たのである。始業前に、訪れると、事前に、連絡を、入れていたのだろうか。

（次は、何処へ行くのか？）

と、思っているうちに、二人のスポーツ・カーが、急発進した。

あわてて、そのあとを追いかける。前の車は、どんどん、スピードを上げて行く。たちまち、東京の街を出た。

(成田へ向かっている)

と、気づいて、橋本は、あわてた。国内旅行なら、何とか、切符を買って、同じ飛行機に乗り込めるのだが、海外だと、そうはいかないからである。第一、今日は、パスポートを、持って来ていない。

二人は、成田空港へ着いた。

日航のモスクワ行のカウンターに向かって、駆け出して行く。橋本も、そのあとを追った。

ハインリッヒが手にさげているのは、あのスーツケースだけである。

(二人で、ドイツに行くのだろうか?)

と、橋本は、二人の方を見ながら、考えた。

だが、ゆみは、ハインリッヒと別れて、送迎デッキに向かい、彼だけが、搭乗口の方へ、歩いて行った。

ハインリッヒが、乗ろうとしているのは、成田発一一時〇〇分のモスクワ行のJALだった。

橋本は、それを確認してから、警視庁の亀井に、電話をかけた。

「ハインリッヒが、今、モスクワに、飛び立つところです。松井ゆみが、見送りに来ていますが、ハインリッヒは、アメリカンナショナル銀行に寄って、例の一億円を、受け取った様子です。たぶん、ドルで」

と、橋本がいうと、亀井も、驚いた様子で、

「モスクワか？」

と、大きな声を出した。

「そうです」

「どういうことなんだ？」

と、亀井が、いった。

第一五章　危険信号

1

亀井が見ると、唐突に起きた誘拐であり、そして、唐突に終了した事件のような気がするのだ。

それだけではない。人質になったと思われる松井ゆみが、簡単に釈放されただけではなかった。別に、後遺症もなく、恋人のハインリッヒを、成田に送って行ったりしている。

（これは、いわゆる誘拐ではないのだ）

と、亀井は、結論した。

どこか、芝居じみている。しかし、橋本にきくと、松井家は、あわてふためいていたというから、完全な芝居でもないのだ。

と、すると、考えられることは、一つだけだと、亀井は、思った。

被害者側の松井家では、犯人を知っていたのだ。

まさか、誘拐などという行動には出ないだろうと思っていたので、狼狽《ろうばい》した。しかし、警察にいうわけには、いかない。そこで、弁護士に、身代金を持って行かせた。その結果が、どうなるか、ちゃんと知っていての支払いだったのだ。

予想通り、人質のゆみは、解放され、松井家は、何事もなかったように、振る舞っている。

犯人は、ハインリッヒだろう。いや、ハインリッヒと、仲間かもしれない。

彼と、その仲間は、松井家に対して、一億円を、要求した。が、松井側が、それを、拒否したために、娘のゆみを、誘拐した。

びっくりした松井家では、あわてて、一億円を支払った。アメリカンナショナル銀行の、ハインリッヒの口座に振り込んだ。

今日、ハインリッヒは、ドルで、その金を下ろし、それを持って、モスクワに、出発した。

一億円は、ドルにして、七十万ドル前後だろう。

七十万ドルを持って、ハインリッヒは、モスクワへ、何しに行ったのか？

東ドイツから、日本に亡命したハインリッヒが、今度は、ソビエトへ亡命するとは、考えられない。とすれば、七十万ドルは、何かの商売の金に違いない。

先に、オリエント急行で、ソビエトのトカレフ拳銃が、密輸された。それに、松井元大臣と、六本木のドイツ料理店が、関係していたらしい。

(それが、失敗したので、また、再度、拳銃の密輸を計画しているのではないか?)

そのために、七十万ドルの資金を手に、モスクワに飛んだのかもしれない。

亀井は、推理を進めて行くうちに、次第に、不安になってきた。

十津川と、日下のことを、考えたからだった。

十津川たちは、今、シベリア鉄道に乗り、拳銃を売ろうとする相手との接触を、待っている。

だが、本来の、正式な買い手が、ハインリッヒだとわかったら、十津川たちはどうなるのだろうか?

もちろん、相手は、接触をやめるだろうが、ニセの買い手だと気がつけば、それだけですむとは思えなかった。邪魔な存在として、消されてしまう恐れもあるのだ。

亀井は、狼狽した。

何とかして、シベリア鉄道に乗っている十津川たちに、連絡しなければならない。

(どうしたら、いいのだろうか?)

何よりも困るのは、十津川たちの行動が、正式なものではないということだった。表立って、動くことができないのである。

自分一人では、結論がつかず、亀井は、本多《ほんだ》捜査一課長に話し、更に、佐伯警部の属している警察庁の新田国際部長にも、話を持っていった。

亀井は、そこで、自分の考えた危惧《きぐ》を、力説した。

「佐伯警部に続いて、今度は、十津川警部と日下刑事も、危険にさらされるのではないかと思うのです。すでに、二人は、シベリア鉄道に乗っていますので、下手《へた》をすると、その車内で、消されてしまう恐れがあります」

と、亀井は、警察庁の新田を前にして、いった。

「しかし、だからといって、ソビエトの警察当局に、協力を、要請するわけにはいかんよ。そんなことをすれば、日本の政治家が、拳銃の密輸に関係していたといわれかねない。日本の恥を、世界にさらすことになってしまう。それが困るから、内密の捜査をと、考えていたんだからね」

と、新田は、反論した。

「しかし、何もせずにいたのでは、十津川警部たちが、危険です」

「危険を承知で、行ってくれたんじゃなかったのかね?」

「それは、そうですが――」

と、本多捜査一課長は、一応、うなずいて見せてから、

「ハインリッヒのことや、七十万ドルのことを、何とか、十津川警部に、連絡することだけは、したいのですが」

と、いった。

「しかし、どうやって、連絡するつもりなのかね？　これ以上、捜査官を、向かわせることはできないよ。目立つに、決まっているからね」

「わかっています」

「どうする気だね？」

「連絡を許して頂ければ、われわれで、何とか、するつもりですが」

と、本多は、いった。

「できるのかね？」

「何とかします」

「マスコミや、ソビエトの警察に、知られずにできるのかね？」

と、新田は、念を押した。

「やってみます」

と、本多は、約束した。

警視庁に戻ったが、本多にも、亀井にも、名案があるわけでは、なかった。

「十津川警部のほうから、連絡して来てくれれば、一番いいんだがねえ」

と、本多は、いった。

「今、警部たちは、シベリア鉄道に乗っていて、相手方の連絡を待っているところですから、駅に着いた時、電話してくることは、難しいのかもしれません。それに、ソビエトの電話事情も、わかりませんし——」

と、亀井は、いった。

「しかし、何とかして、ハインリッヒのことを、知らせたいね、いや、知らせなければ、ならないんだ」

「一つの方法としては、橋本君に頼んで、彼に、すぐ、モスクワに飛んでもらうことですが」

と、亀井は、いった。

「しかし、その橋本君には、拳銃の密輸のことは、知らせてないんだろう？」

「ありません」

「彼を、モスクワに行かせれば、否応《いやおう》なしに全てを知られてしまう恐れがあるね」

「その通りです」

「といって、カメさんに行ってもらうのは、警察庁が、反対だろうしね」

「すでに、三人の捜査官が、行っていますからね。マスコミに気づかれてしまう恐れはあります」

「何とか、シベリア鉄道に乗っている十津川警部に、連絡できないかねえ」

本多は、溜息《ためいき》まじりに、いった。

「今、思い出したのですが、シベリア鉄道には、日本の経済視察団が、乗っているということでした」

と、亀井は、いった。

「それが、どうかしたのかね？」

「連中は、絶えず、本社に連絡を取っていると思います」

「それを、利用しようというのかね？」

「うまく、利用できればと、思うのですが」

「しかしねえ。彼らに、拳銃のことを話すわけにはいかないんだよ」

「わかっています。だから、その問題には、何も触れません」

「それで、十津川君に、こちらの意志を、伝えられるのかね？」

「それは、無理でしょう」

「無理？　じゃあ、何を連絡するんだ？」

「とにかく、十津川警部に、こちらに、電話をかけさせることにしたいと思うのです。それと、今度の事件は、知られないようにしたいとなれば、どうするかは、限定されてきます」

と、亀井は、いった。

「カメさんに、委《まか》せるよ」

と、本多は、いった。

2

亀井は、今、経済視察団として、ソビエトに行っている人たちのことを調べた。

日本の代表的な企業十社から、三十人近い人間が、派遣されていることが、わかった。

亀井は、その中から、K社を選んで、急遽、本社の渉外係に、会いに出かけた。

会ってくれたのは、小川《おがわ》という渉外課長である。

亀井は、警察手帳を見せてから、

「こちらの社員の方が、今、シベリアの視察に、行かれていますね？」

と、確認した。

「そうです。二人の社員が、現在、向こうの招待で、シベリアを視察に行っています。それが、何か？」

「シベリア鉄道に、乗っていると思うんですが」

「その通りですが、他の企業の社員と、一緒です」

「連絡が、取れますか？」

「取ろうと思えば、取れますよ。モスクワなどに、駐在員がいますから、それを通して、連絡できます」

「実は、私の上司の十津川警部が、休暇を取って、シベリア鉄道に、乗っているんです。いや、仕事ではなく、観光です。あなた方の経済視察団と同じ列車に、乗っているはずなんですが、連絡の取りようがありません」

「何か連絡することが、あるんですか？」

「実は、十津川警部のお子さんが、病気になったんです。それを知らせて、急遽、帰国するように、いいたいんですよ。それで、こちらで、連絡がつくものなら、十津川警部に、今のことを、伝えてもらいたいのですよ」

と、亀井は、いった。

「本当に、同じ列車に乗っているんですか？」

と、小川は、きいた。

「間違いありません。モスクワから乗る直前に、電話がありまして、日本の経済視察団が、一緒に乗るようだと、いっておりましたから」

「わかりました。すぐ連絡を取ってみます。十津川さんでしたね？」

「そうです。十津川省三《しようぞう》です。年齢は、四十歳です」

「子供が急病なので、すぐ、帰国するようにと？」

「そうです。亀井からの連絡と、伝えてほしいのです」

「わかりました」

「いつ、連絡が取れますか？」

「今日じゅうには、必ず、連絡できますよ」

と、小川は、約束してくれた。

亀井は、その約束を、信じて、警視庁で、十津川からの連絡を、待つことにした。

K社の小川課長が、上手く連絡を取ってくれるかどうかは、不明だが、今のところ、それに、期待するより仕方がないのである。

その日の夜になって、やっと、十津川から、電話が、かかった。

「今、スベルドロフスクだ。何か急用みたいだね。カメさん」

と、十津川が、いった。

電話の状況がよくないので、十津川の声が、大きく聞こえたり、急に、小さくなったりする。

「他に、連絡の方法がなかったので、K社に頼んでしまいました」

「それはいいさ。何か大事なことだろうと、すぐ、見当がついたよ。東京で、異変が起きたのかね？」

「六本木のドイツ料理店のハインリッヒが、七十万ドルを持って、今日、モスクワに、飛びました」

「七十万ドル？」

「たぶん、拳銃購入の資金と、思います」

「すると、私は、どうなるのかな？　相手は拳銃の買い手として、私より、ハインリッヒに、決めたということになるね？」

「そうです」

「彼らにとって、私は、邪魔な存在になってくるわけか」

「だから、危険です。警部と、日下刑事が、消される可能性があります。すぐ、シベリア鉄道を、降りてください」

と、亀井は、いった。

「駄目だよ。間もなく、このスベルドロフスクを出発するから、私は、ウラジオストクまでの旅を続けるよ」

「危険ですよ。相手は、あなたが、ニセの買い手だと気がついているんです。だから、すぐ、モスクワに戻って、帰国してください。日下刑事と一緒に」

「それでは、何の解決にもならないよ。佐伯警部のこともわからないし、例のトカレフ密輸の背景もわからないままに、終わってしまうじゃないか」

と、十津川は、いった。

「しかし、そのまま、シベリア鉄道に乗って、何をなさるんですか？」

と、亀井は、きいた。

「私たちを、もし、消そうとするにしても、接触はしてくるはずだ。何とかして、彼らの正体を掴みたいし、今度の拳銃の密輸が、どんな方法で行なわれるのか、それを、見破りたいと思っている。それに、佐伯警部の行方もね」

「しかし、危険が――」

「間もなく、列車が出る。もう、乗るよ」

と、十津川は、いい、電話は切れてしまった。

第一六章　接触

1

ロシア号は、生き返った蛇のように、長く重い十八両の客車をくねらせながら、走り出した。

十津川は、通路を歩き、十一号車に辿《たど》り着くと、日下に、今の電話の内容を、話した。

日下も、緊張した表情になって、

「われわれは、刑事と、気づかれたんでしょうか？」

「それは、わからないが、日本から、ハインリッヒという男が、七十万ドルを持って、やってくることだけは、確かなんだ。彼が、拳銃を買うことになれば、われわれは、用なしになるね」

「その男は、この列車に乗ってくるんでしょうか？」

「モスクワから、飛行機で先まわりして、ウラジオストクまでの途中で、乗ってくると思うね。拳銃を売りたい人間も、どうやら、この列車に乗っているようだからね。ハインリッヒは、この列車の中で、売り手と接触するつもりになっているはずだ」

「どんな男か、わかりますか？」

「年齢は、二十代の後半。金髪《ブロンド》で、身長は、一九〇センチ近いらしい。典型的なドイツ型の美男子だということだ」

「そいつが、乗り込んで来るまでは、売り手は、われわれを、買い手として、扱ってくれそうですね。とにかく、この列車に、招待したわけですから」

と、日下は、希望的ないい方をした。

「私も、そう願っているんだが、相手の顔が、わからないんでねえ。こちらから、声をかけられないのが辛《つら》いし、ハインリッヒが、乗り込んで来たら、間違いなく、われわれは、危険な状態に置かれるね。それは、覚悟しておいたほうがいい」

と、十津川は、いった。

「どうも、じっと待つのは、苦手ですね」

日下は、焦燥を隠し切れないという様子で、窓の外を見つめた。

列車は、すでに、スベルドロフスクの街を離れ、広大な針葉樹林の中を走っている。遠くに、ウラル山脈が、見える。

「雪ですよ」

と、突然、日下が、いった。

スベルドロフスクの駅の寒暖計が、五度だったのだが、今は、〇度を割っているのかもしれない。

粉雪だった。

東京では、雪を見ることが少なくなったから、十津川にとって、久しぶりに見る雪である。

若い日下は、童心に返ったのか、窓を開けて、手で、飛んでくる粉雪を受けている。

十津川は、苦笑して、

「おい。寒いよ」

と、声をかけた。

「すいません」

と、日下が、あわてて、窓を閉めた。

それでも、日下は、じっと、窓の外を眺めていた。そのほうが、気持ちが落ち着くというようにである。

轟音《ごうおん》を立てて、貨物列車が、すれ違って行った。客車が、すれ違うことは少ないが、貨物列車は、やたらに出会う。時には、長大な貨物列車が、このロシア号を、追い抜いて行くのだ。そのことは、シベリア鉄道の使命が、どこにあるかを示しているように、思えた。

「見てください！」

と、突然、日下が、声をあげた。

何事かという思いで、十津川も、窓の外に、眼をやった。

操車場が見え、その外れに、何十両という古い蒸気機関車が、放置されているのが見えた。

ＳＬの墓場の感じだった。

「すごいですよ。ＳＬ好きが見たら、たまらないですよ。日本で見たこともないような大きな機関車ばかりですからね」

と、日下が、感動したような声で、いう。

確かに、いずれも、巨大な機関車だった。今まで、シベリア鉄道で活躍していたＳＬなのだろう。

「君が、ＳＬファンとは、知らなかったね」

と、十津川は、微笑した。

「日本に持って帰ったら、喜びますよ」

と、日下は、いった。

「それより、腹が減らないか」

と、十津川は、いった。

二人は、コンパートメントを出て、食堂車に行った。

幸い、例の日本の経済視察団の一行は、食堂車に来ていなかったので、十津川たちは、ゆっくり、食事をとることが、できた。

相変わらず、メニューは、少ないが、舌が慣れたのか、まずいとは思わなかった。シチューと、黒パンと、ビールで、食事をする。

陽《ひ》が射しているのだが、雪は降り続けている。

「問題のハインリッヒですが、ノボシビルスクあたりから、乗ってくるんでしょうか？」

と、日下は、シベリアの地図を、テーブルの上に広げて、十津川に、いった。

ノボシビルスクは、シベリアのというよりソビエトの中央に位置する町であり、駅である。

「その辺りかもしれないな」

ノボシビルスクは、人口百五十万で、シベリア最大の都市である。モスクワからの飛行便も多いだろうから、モスクワに着いたハインリッヒが、この駅から、このロシア号に乗り込んで来る可能性は、強いのだ。

食事をすませて、自分のコンパートメントに戻ると、ドアの隙間《すきま》から、白い封筒が、部屋の中に、差し込まれていた。

2

白い紙が一枚、中に入っていて、それに、英語で、次の言葉が、書かれてあった。

〈今日、二三時〇〇分に、一人で金を持って、九号車のデッキに来い。

トカレフ〉

「どうしますか？」

と、青白い顔で、日下が、きいた。

「とにかく、行ってみる」

「しかし、トカレフを、何十丁も買う金は、持っていません。一人じゃ、危険ですよ」

と、日下が、いう。

十津川は、笑って、

「だからといって、行かなければ、後悔する。こんなメモが来たところをみると、相手は、まだ、われわれを、拳銃のニセの買い手とは断定していないんだ。ハインリッヒが、乗って来る前に、何とかして、佐伯警部の行方を、探り出したいんだよ」

と、十津川は、いった。

「相手は、拳銃を持っているかもしれませんよ」

「ああ、持っているだろうね」

「気をつけてください」

と、日下が、いった。

二二時を過ぎると、車内の主な明かりが消える。消灯時間なのだ。

相手が、二三時と指定したのは、このせいだろうと思いながら、十津川は、一人で、コンパートメントを出て、九号車に向かって、うす暗い通路を歩いて行った。

新幹線並みの広軌なので、車体の揺れは少ない。通路を歩くのも楽だった。

九号車は、四人用のコンパートメントである。

そのコンパートメントも、主灯が消えているので、暗く、静かである。

九号車のデッキに出ると、暗い中に、背の高い男が一人、煙草を吸っていた。

四十歳ぐらいの大きな男である。

十津川は、自然に、身構えるような気持ちになって、

「今晩は」

と、英語で、声をかけた。

男は、黙っている。

「今晩は」

と、もう一度、十津川は、声をかけた。

男は、急に、肩をすくめ、煙草を、靴でもみ消し、十津川の横をすり抜けるようにして、デッキから、出て行ってしまった。

（人違いか）

と、十津川は、拍子抜けして、身体から、力が抜けていった。

自然に、苦笑してしまう。

一人で、照れて、煙草をくわえた時、背後から、

「ミスター・十津川」

と、声をかけられた。

あわてて振り向くと、白人にしては、小柄な男が、立っていた。

うす暗い上に、サングラスをかけているので、顔は、はっきりしない。

「伝言をくれたのは、君か？」

と、十津川は、英語で、きいた。相手の男も、英語は、あまり上手《うま》くなさそうなので、その点は、気楽だった。

「金は、持って来たか？」

と、男が、きき返した。ドイツ語みたいな発音の英語だった。

「ここには、持って来ていない」

「持って来いと、いったはずだぞ」

と、男は、不快げないい方をした。

「あんたも、拳銃を持って来ているようには、見えないじゃないか。それに、ミスター・佐伯のように、行方不明になるのは、嫌だからね」

「サエキ？」

「そうだ。拳銃のことで、日本人が一人、ベルリンで行方不明になっているんだ。同じ日本人として、見過ごせないんだよ」

「私の知らないことだ」

と、男は、いった。

「あんたか、あんたの仲間が、消したんじゃないのか？」

と、十津川は、きいた。

「君は――」

と、男は、明らかに、腹を立てたという声で、

「拳銃は欲しくないのかね？　それなら、この話は終わりだ」

「待ってくれ。拳銃は欲しい」

十津川は、あわてて、いった。

「それなら、金だ」

「しかし、どうやって、拳銃を、日本まで運ぶんだ？　それに、今、何処にあるんだ？　本当に、百丁もの拳銃が、用意できるのかね？」

と、十津川は、たたみかけて、きいた。

男が、暗い中で、ニヤッと笑うのが、わかった。

「今、ソビエトでは、戦車や大砲を溶かして、トラクターや、自動車を作っている。軍需から、民需への転換さ。軍隊だって縮小される。いわば、兵隊が失業するんだ。拳銃だって、余ってしまう。それを、売り飛ばして、金にしようとする兵士が出て来ても、おかしくないだろう。連中は、貧乏で、いくらでも金が欲しいから、百丁でも、二百丁でも、用意できるんだ。最近は、ソビエト赤軍の士気も衰えていてね。まあ、おれにいわせれば、ペレストロイカのおかげで、金儲《もう》けができるんだがね」

「東ドイツ地区に駐留しているソビエト軍の拳銃か？」

「まあね」

「前に日本に送られた百丁の拳銃も、君と、君の仲間が、調達したんだな？」

「少しばかり、知りたがり過ぎるんじゃないかね？　詮索《せんさく》好きの日本人というのは嫌いなんだよ。黙って、金を払う日本人が好きなんだがね」

「わかった」

「じゃあ、この列車が、ウラジオストクに着くまでに、金を渡すんだ。そうすれば、間違いなく、百丁の拳銃は、日本に送られる」

「どうやってだね？」

「金も受け取っていないのに、それを、おれが話すと、思ってるのか」

と、男は、小さく笑い、

「金を渡す気になったら、コンパートメントのドアに、印をつけておくんだ。なんでもいい。とにかく、わかればいい」

「わかったよ」

と、十津川がいい終わらないうちに、男の姿は、デッキから消えていた。

十津川は、すぐには、十一号車に戻らず、じっと、デッキに、立っていた。

「警部」

と、小声で、呼ばれて、見ると、日下が、のぞいていた。

「君か――」

「大丈夫ですか？」

「ああ。大丈夫だ」

と、うなずき、十津川は、日下と、十一号車に戻ることにした。

コンパートメントに入ると、十津川は、小さな溜息をついた。

「相手は、自信満々だったよ。必ず、百丁の拳銃を、日本まで送ると、約束した。どうやって送るのか、教えてくれなかったがね」

「もう一度、オリエント・エキスプレスというわけにはいきませんね」

「ああ。それは、駄目だ」

「ソビエト軍が、日本に駐留していれば、その軍隊を通じてということになりますが、それもない。どうやって、運ぶ気なんですかねえ」

「あの男は、この列車が、終点のウラジオストクに着くまでに、金を払えといったんだ」

と、十津川は、考える顔で、いった。

「それから、百丁の拳銃を、送る準備をするんでしょうか？」

と、日下が、きく。

「いや、そんな急な仕事はできないはずだよ。何といっても、百丁の拳銃を、密輸するんだからね。その方法は、すでに、考えて、準備されているはずだよ。そうでなければ、間に合わない」

「どんな方法か、見当がつきませんが――」

「私もだよ。しかし、自信ありげだったよ」

と、十津川は、いった。

「どうしますか？　金は、ありませんし――」

「ハインリッヒも、乗ってくる。彼が、今の男に、金を払ってしまったら、われわれは、どうしようもなくなる」

十津川は、重い口調になっていた。

下手をすると、佐伯の行方も、わからないままに、帰国しなければ、ならなくなるかもしれないのだ。

第一七章　ノボシビルスク

1

「だいたい、外国で動くのに、金なしでは、どうしようもありませんよ」

日下が、文句を、いった。

「預かって来ているドルが、まだ一万ドル残ってるよ」

と、十津川が、いうと、日下は、首をすくめるようにして、

「ハインリッヒは、七十万ドルを持ち込むというんでしょう？　それじゃあ、太刀打《たちう》ちできませんよ」

「一万ドルを、百万ドルに見せる方法はないかね？」

「下手なことをすると、殺されますよ。向こうだって、法律を犯していて、捕まれば、刑務所送りでしょうから、必死です」

と、日下が、いう。

十津川は、笑って、

「古雑誌を切って、その上に、ドル紙幣を乗せて、札束に見せるようなことはしないよ。第一、ここには、古雑誌もないじゃないか」

「それはそうですが、かといって、他にどんな方法が、ありますか？」

「今、必死に考えたんだがね。二つ、考えてみた。一つは、とにかく、一万ドルで買えるだけのトカレフを買うと、いってみることだ」

と、十津川は、いった。

「しかし、警部。一丁二千ドルとして、一万ドルでは、五丁しか買えませんよ。向こうは、百丁の拳銃を売ろうとしているわけでしょう？　五丁の話に乗ってくるとは、思えませんが――」

「たぶんね」

「他にも、何か、お考えがありますか？」

と、日下が、きく。

「連中は、一人じゃないだろう？」

「ええ。一人で、百丁とまとまった拳銃の密輸ができるはずがありません。ソビエト軍隊の兵士の中にも、仲間がいると思いますね」

「そうだろうね。五、六人か、或いは、もっと多いと、私は、思っている」

「同感です」

「ベルリンの廃工場で、男が射殺されたのは、仲間割れだと思っている」

「ええ」

「一丁二千ドルで、百丁売って、二十万ドルだ。ハインリッヒは、他に、AK47小銃とか、バズーカなんかを買うつもりなのかもしれないが、いずれにしろ、連中の一人の儲《もう》けは、そう多くはないはずだよ。だから、仲間割れも起きるんだと思う」

「わかります」

「一万ドルでは、五丁のトカレフしか買えないが、情報は、買えるかもしれないと思うんだよ」

「情報ですか？」

「ベルリンでは、買い損《そこ》なったがね。一万ドル出せば、ひょっとして、密輸の方法を、教えてくれるんじゃないか。そう思ったんだがね」

「しかし、連中の間では、裏切りになるわけですから、難しいし、たとえ、向こうが、OKといっても、危険を伴《ともな》いますね」

「危険は、覚悟の上だよ」

と、十津川は、いった。

一万ドルしかなくては、嫌でも、危険を買わなければならないだろう。問題は、買える状況になれるかどうかだ。

「どうしますか？」

と、日下が、きいた。

「前にもいったが、ハインリッヒが、この列車に乗り込んで来るのは、たぶん、ノボシビルスクだと思っている。それまでに、何とかしなければならないよ」

「わかります」

「しかし、私が、さっきの男に会って、いきなり一万ドルを渡して、どうやって拳銃を日本まで送るのかときいても、教えてくれる可能性は、ゼロだと思っている」

「私も、そう思います」

「一芝居打つかな」

と、十津川は、いった。

「芝居といいますと？」

日下は、真剣な顔で、十津川を見守っている。

「連中は、私と君が、仲間だと思っている」

「もちろん、そう思っているはずです」

「そこで、私と、君が、仲間割れを起こすというのは、どうだろう？」

と、十津川は、いった。

「どんなふうにですか？」

「私が、連中を騙《だま》そうとする。それを、君が、連中に通報するんだ。それで、君が、彼らに信用されれば、情報を、手に入れられるかもしれない。そう考えたんだがね」

「具体的に、どうするんですか？」

と、日下が、きく。

十津川は、考えながら、

「ここに、スーツケースがある。これに、ベッドのシーツを押し込んで、札束が、詰まっているように見せかける」

「そんなことをしたら、すぐ見破られてしまいますよ」

「それで、いいんだ」

「と、いいますと？」

「私が、今日の男に会って、騙そうとする。それを君が、裏切る芝居をするんだ。いきなり、私を殴りつけたほうがいいな」

と、十津川は、いった。

「それで、どうなるんですか？」

「あとは、君の才覚だ。君は、あの男に、恩を売りつけるんだ。一万ドルは、君に預けるから、それで、何とか、拳銃の密輸の方法をきき出してほしい」

「警部は、どうなりますか？　連中を裏切ったことにするわけですから、殺されるかもしれませんよ」

と、不安げに、日下が、いった。

「ここは、列車の中だよ。乗客が何人も、乗っている。殺したら、連中だって、追及されるから、そこまでは、しないはずだ」

「しかし――」

と、日下が、なお、何かいいかけるのを、十津川が、制止して、

「これは、君のほうが難しいよ。私は、君に、ぶん殴られるだけでいいが、君は、何とか連中に取り入って、一万ドルで、情報を摑まなければならないんだからね。君のほうが、危険でもあるよ」

と、いった。

「私は、やはり、警部が、心配ですよ。何か、他に方法はありませんか?」

と、日下は、いう。

「ここまで来ては、他に方法はないね」

「いつまでに、実行すれば、いいんですか?」

と、日下が、きいた。

「この列車が、ノボシビルスクに着くのが、明日の午前一〇時一三分だ。十五分停車だが、その間に、間違いなく、ハインリッヒは、乗り込んでくる。それに、藤川夫妻も乗っ

ているから、ハインリッヒと、連絡を取って、連中と、交渉を始めるだろう。そうなってからでは、もう、手の打ちようがないんだ」

十津川は、一語、一語、自分に、いい聞かせるように、いった。

「すると、明日の午前一〇時一三分までに、やらなければいけないということですか？」

「そうだよ」

と、十津川は、いった。

「失敗すれば、二人とも、シベリアの原野に放り出されて、凍死ということになるかもしれませんね」

「そんなことを心配してたら、どうしようもないよ」

「それは、そうですが――」

「とにかく、時間がないんだ。こちらから動くより仕方がないよ」

と、十津川は、いい、自分のハンカチを取り出して、ドアの外側に、はさんだ。どんな方法でもいいから連絡しろと、いわれていたからである。

そのまま、待つことにした。

「私を殴る時は、真剣に殴れよ。下手な芝居はすぐ、見破られるからな」

と、十津川は、日下にいい、シーツをたたんで、自分のスーツケースに、押し込んだ。

日本から持って来たままの百ドル紙幣百枚、一万ドルを、日下に、預けた。

午前一時を過ぎた時だった。

小さな音がして、白いものが、ドアの下の隙間から押し込まれた。

十津川は、一呼吸おいてから、それを、引き抜いた。

前と同じ白い封筒だった。中身の便箋《びんせん》に、英語が書かれていた。

〈午前二時。前と同じ場所〉

それだけの文字だった。

十津川は、それを、日下にも見せた。

「まず、私が、行って、相手と、交渉を始める。君は、タイミングをはかって、背後《うしろ》から、私を殴って、気絶させるんだ。相手が、私のスーツケースを調べてからでは、駄目だ。相手に、恩を売れるようなタイミングがいい」

と、十津川は、改めて、いった。

「上手くやれる自信がありません」

「その時には、とにかく、思いっきり強く殴ればいいんだ」

と、十津川は、いった。

午前二時少し前に、十津川は、スーツケースをさげて、コンパートメントを出た。

前と同じデッキに歩いて行った。通路も、デッキも、暗い。

今度は、例の男が、先に来て、待っていた。

「金は、持って来たか？」

と、男は、英語で、きいた。

「ああ、このスーツケースに入っている。トカレフ百丁分のドル紙幣だ」

「それを確かめたい」

と、男は、いった。

「駄目だ」

「なぜ、駄目なんだ？　見せられないのか？」

「その前に、トカレフを見せてくれ。百丁のトカレフは、今、何処にあるんだ？」

と、十津川は、きいた。

男の眼が、サングラスの奥で、笑ったように見えた。

「おい。ここは、シベリア鉄道の列車の中だぞ。百丁ものトカレフを持って、乗れるわけがないだろう？　前にもいったが、安全なところに、ちゃんと隠してあるし、間違いなく、日本に届くようになっている。金さえ払えば、AK47でもバズーカでも、揃《そろ》えて、日本に運ぶよ。だから、安心して、そのスーツケースの中を見せたらどうだ。その中に、間違いなく百丁分の金が入っていれば、百丁のトカレフが、日本に着く。AK47の分があれば、それも、日本に着く。それは、約束するよ」

「その約束が、必ず守られる証拠は？」

と、十津川は、きいた。

「第一回目は、約束通り百丁のトカレフを、日本に届けた。向こうでどうなったか、われわれとは関係のないことだ。とにかく、われわれは、きちんと約束を果たした。今度も、そちらが、金を払えば、約束は守る。そのスーツケースを、渡してもらおうか。それとも、その中に入ってるのは、タダの紙切れか」

男が、きく。

（日下よ。早く、おれを殴ってくれ！）

と、十津川は、いらだっていた。スーツケースの中身が、ただのシーツのかたまりとわかってからでは、相手に、恩を売れなくなるのだ。

（早くしろ！）

と、思った瞬間、十津川は、後頭部に、激しい一撃を受けて、その場に昏倒《こんとう》した。

（思い切りといったって、少しは、手加減しろよ）

と、十津川は、薄れていく意識の中で、舌打ちをしていた。

何分間か、何時間か、時間の観念はなくなっていた。

眼を開くと、しみのついたコンクリートの天井が見え、同時に、激しい痛みが、襲いかかった。

思わず、十津川は、呻《うめ》き声をあげた。

「大丈夫ですか？」

という日本語が、聞こえた。

（誰だ？）

と、眼を大きく開く。

その視線の中に、見覚えのある顔が、入ってきた。

「なぜ、そこにいるんだ？」

と、思わず、十津川は、声を出して、叫んだ。自分の声が、頭にひびいて、十津川は、
また、呻き声をあげた。

「怒鳴《どな》らないでください」

と、日下が、いった。

十津川は、顔をしかめながら、

「何をしてるんだ？　どうなったんだ？」

「私が、間を置いて、行ったら、別の人間が警部を、殴り倒していたんです」

「誰だ？」

「例の藤川ですよ。奴《やつ》が、警部を殴って、スーツケースの中身を、ドイツ人に見せていま

した。一歩おくれてしまったんです」

「くそ！」

と、小さく、舌打ちしてから、

「そこで、ここは、何処なんだ？」

「オムスクの病院です」

「オムスク？」

「オムスクに列車が着いたら、連中は、警部を、ホームに、放り出したんです。私は、警部のことが心配だし、連中に取り入ることは失敗してしまったので、オムスクで降り、駅にかけ合って、この病院に、警部を、運んで、手当てをしてもらいました」

「今、何時だ？」

「午前八時半です。モスクワ時間ですが」

と、日下は、いった。

「ロシア号は、間もなく、ノボシビルスクに着くな」

「はい。時間通りなら、あと二時間足《た》らずで、着きます」

「ずいぶん、明るいな」

十津川は、窓に眼をやって、いった。

「ここでは、十一時半ですから」

と、日下は、いった。

「ハインリッヒが、七十万ドルを渡してしまえば、百丁のトカレフだけでなく、ＡＫ47小銃やバズーカも、ひそかに、日本へ、送られてしまう」

「そして、最終的な買い手は、暴力団ということですか？」

「たぶんね。それは防ぎたいし、佐伯警部の行方も知りたい」

「どうします？」

「一万ドルは、持ってるな？」

「はい」

「何とか、飛行機で、あの列車に追いつきたい。切符を手配してくれ」

第一八章　日本人

1

日下が、シベリアの地図を手に入れてきた。と、いっても、ひどく、大ざっぱな地図である。

「雪はやみましたが、寒いですよ」

と、日下は、両手をこすり合わせるようにした。

「飛行機の切符は、手に入りそうかね？」

「それなんですが、どこで、手に入れるのかわからなくて。ソビエトでは、予約なしでは、乗れないと聞いていたので、駅の近くのホテルへ、行ってみました。ホテルのインツーリストで、頼んでみようと、思ったんです。ところが、この季節、外人の泊まり客がいないため、インツーリストは閉まっているんですよ」

日下は、疲れた顔で、いった。

「時刻表は、ないのかね？」

「どこにも、売っていません」

「じゃあ、どうすれば、いいんだ？」

「空港へ行って、待っているより仕方がないような気がします。ソビエトの空港は、二十四時間動いているそうですから、席があれば、何とか、乗れるかもしれません」

と、日下は、頼りないことを、いった。

十津川は、ベッドの上に起き上がり、シベリアの地図を広げた。

すでに、問題のロシア号は、シベリア中部のノボシビルスクを出てしまっている。何処で、追いつけるのか？ クラスノヤルスクか、イルクーツクか。或いは、その先のウランウデまで、無理なのだろうか？

飛行機のタイムテーブルがあれば、予想ができるのだが、それがない。

空港へ行っても、果たして、こちらの希望する便に乗れるかどうかわからなかった。

（それでも、空港に行くより仕方がないだろう）

と、十津川が、覚悟を決めたとき、身体の大きな看護婦が入って来て、大声で、何か、いい始めた。

ロシア語なので、よくわからないのだが、しきりに、「日本人《イポーニエッツ》」という言葉が、出てくる。そのくらいは、十津川にも、わかった。

十津川は、自分たちのことを、いっているのだと思い、「はい《ダー》」「はい《ダー》」と繰り返したが、看護婦は、いったん、病室を出て行くと、今度は、小柄な老人を、連れてきた。七十歳くらいの、陽焼けした、しわの多い顔の老人だった。

「日本人《イポーニエッツ》」

と、看護婦は、いって、出て行った。

その老人は、じっと、十津川を見、日下を見ていたが、

「日本人がいると聞いて、やってきた」

と、おぼつかない日本語で、いった。

「あなたも、日本人か？」

と、十津川が、きくと、老人は、急に、眼をしばたいた。

たどたどしい日本語で、彼が話したところによると、彼は、二十歳で、兵隊として、昔の満州にいて、ソビエト軍の捕虜になり、シベリアに送られた。

戦友たちが、帰国したあとも、彼は、ソビエトに残り、帰化し、結婚した。日本人としての名前は、藤本収一郎《ふじもとしゅういちろう》だという。

藤本は、なぜ、日本に帰らず、ソビエトに帰化したのか、そのわけは、いわなかったが、もし、困っているのなら、何か、役に立ちたいと、いってくれた。

「私たちは、今日の午前三時過ぎに、このオムスクを出発したロシア号に、どこかで、追いつきたいんですよ。だが、飛行機のタイムテーブルは売ってないし、空港へ行っても、

果たして、希望する飛行機に乗れるかどうかわからない。それで、困っているんです。簡単に、飛行機の切符は、手に入らないでしょう？」

と、十津川は、きいた。

藤本は、ちょっと考えていたが、

「ドルを持っていますか？」

と、相変わらず、たよりない日本語で、きいた。

「持っていますが」

と、十津川が、いうと、藤本は、歯の欠けた口で、ニヤッとした。

「それなら、どうにでもなりますよ。今のこの国では、ドルは、魔法の杖みたいなものですから」

「飛行機の切符は、手に入りますか？」

「ああ、大丈夫ですよ」

と、藤本は、あっさりいう。あまりに簡単にいわれて、かえって、十津川のほうが、半信半疑になってしまった。

「本当に、買えますか？」

「大丈夫です。どこまで行くんですか？」

「今いったように、ロシア号に追いつきたいんで、クラスノヤルスクか、いや、安全を考えて、イルクーツクか、ウランウデあたりが、いいですね。そこまで、飛行機で、行きたいと思います」

「イルクーツクが、いいと思います」

と、日下が、横から、いった。

「それなら、私が、買って来ましょう」

と、藤本は、いった。

「私が、一緒に行って来ます」

と、日下が、いった。

2

二人は、藤本の中古のトラックで、出かけて行った。

十津川は、ベッドに起き上がり、もう一度、シベリアの地図を見た。

イルクーツクは、バイカル湖の傍にある町である。モスクワから見て、シベリア鉄道の三分の二まで行ったところにある町だった。

それなのに、まだ、何の収穫もないことが、十津川を、焦燥に追いやってやまない。

日下と、老人は、なかなか、戻って来なかった。

（ひょっとすると——）

と、急に、不安になってきた。

日本人だと名乗って、安心させ、金を騙《だま》し取るのではないか。それに、引っ掛かってしまったのではないかと思ったからだが、五時間以上たって、日下と、藤本老人が、戻ってきた。

「いやあ、驚きました」

と、日下は、十津川に、楽しそうに笑いながら、報告した。

「切符は、手に入ったのか？」

「ええ。ドルの威力ですよ。空港へ行ったら、ものすごい行列でした。ところが、この人が、係官に、五ドル掴ませたら、たちまち、一番前に、連れて行ってくれましてね。簡単に、イルクーツクまでの切符が、手に入りました。明日、早朝の便です」

と、日下が、いうのを、藤本は、ニコニコ笑いながら、聞いている。

「それで、あの列車に、間に合うのかね？」

「大丈夫です。ロシア号が、イルクーツクを出るのは、明日の一六時〇六分ですから、ゆっくり間に合います。警部は、出発できますか？」

「もう、治っている」

と、十津川は、いった。本当は、まだ、痛みが残っているのだが、それを、気にしている時では、なかった。

その時、藤本が、遠慮がちに、

「私の家は、空港の近くなので、ぜひ、出発前に、寄って頂けませんか。久しぶりに、日本の方と、お話がしたいので」

と、いった。

切符を買うのを手伝ってもらった恩がある。十津川は、日下と、病院に礼をいい、藤本老人のトラックで、彼のアパートへ行くことにした。

すでに、午前〇時を過ぎていた。凍っていた道路を、藤本の運転するトラックは、がたがたと、走って行く。郊外に、大きなアパート群が、建ち並んでいて、その一つに、藤本老人の部屋があった。

日本でいえば、2Kの間取りである。彼がお茶を入れてくれるので、十津川が、

「ご家族は？」

と、きくと、

「妻は、去年亡くなりました。息子は、結婚して、モスクワにいます」

と、いって、その息子夫婦の写真を、見せてくれた。

「一人で、大丈夫ですか？」

と、日下が、きいた。藤本は、諦《あきら》めのような微笑を浮かべた。

「まあ、何とかやっています」

「今、何をしているんですか？」

と、十津川が、きいた。

「身体が大丈夫なので、オムスクの機関車工場で働いています」

と、藤本は、いってから、急に、眼を輝かせて、

「今度、ソビエトの古い蒸気機関車が、五両、日本の会社に買われましてね。日本のアンティークブームに乗ったんだと思いますよ。それで、今、その機関車を、修理しているんです。修理が完成したら、シベリア鉄道を、ウラジオストクまで走らせて、日本に、運ぶそうですよ」

と、続けた。

十津川は、列車の窓から見た、古い蒸気機関車の墓場を思い出した。巨大な機関車に、日本の会社が眼をつけたのだろう。日本のSLブームの中で、人気を取れると、読んだのか。

「日本へ帰る計画は、ないんですか？」

と、日下が、藤本に、きいた。

藤本は、また、泣き笑いの表情になった。

「もう、その欲もなくなりました。帰っても、知り合いがいないですからね。こうして、

お二人とも話せたし、私が修理した蒸気機関車が、日本で走ると思うと、楽しくなってきます」

「これからは、ソビエトでも、旅行が自由になるでしょうから、ぜひ、日本へ来てください。私たちが、歓迎しますよ」

と、十津川は、いった。

藤本老人と、十津川たちの話は、夜明けまで続いた。

老人は、ソビエトでの四十何年間を、ロシア語を混ぜて、話した。恐らく、苦しさの連続だったのだろうが、老人の口調は、むしろ、なつかしい感じだった。

最後に、藤本は、机の引出しから、古びた手帳を取り出して、十津川の前に置いた。

「これは、私と一緒に、シベリアに抑留された男のものです。名前と住所が、最後のところに書いてあります。彼は、私と違って、帰りたいと思いながら、病気で死にました。彼の唯一の遺品が、その手帳なんですよ。いつか、遺族に送りたいと思いながら、それができないままに、今日になってしまいましてね。もし、彼の遺族がいるのなら、それを、渡してくれませんか」

と、藤本は、いった。

十津川が、最後のページを開いてみると、そこには「東京都荏原区《えばら》小山町《こやまちよう》吉井行輝《よしいこうき》」と書かれていた。荏原区という区は、すでに、なくなっている。そのことが、いやでも、年月の長さを感じさせた。

午前六時になって、粉雪の中、藤本老人は、十津川と、日下を、トラックで、空港まで、送ってくれた。

十津川は、自分の名刺を彼に渡し、彼の住所を、自分の手帳に書き留めた。

「必ず、手紙を出しますよ」

と、十津川は約束し、日下と、イルクーツク行のイリューシン62に、乗り込んだ。

国内線用の機体で、エコノミークラスしかない。座席は、満員だった。水平飛行に移ってすぐ、七時半に、お茶が配られた。

イルクーツクの空港にも、粉雪が舞っていた。飛行機から降りると、肌を突き刺す寒気が、十津川と、日下を、捕えた。

空港から、イルクーツクの街へ、バスが出ている。二人は、それに、乗った。まだ、昼になっていない。

街に入ると、雪も、ようやくやんで、薄日が射してきた。

オムスクに比べると、この街は、明るく、落ち着いて見えた。

バイカル湖から流れ出るアンガラ川に沿って発展したイルクーツクは、シベリアのパリと呼ばれ、日本の金沢《かなざわ》と、姉妹都市になっているのだが、今の十津川には、どうでもいいことだった。

とにかく、拳銃の密輸を、解明し、佐伯の消息を摑まなければ、ならないのだ。

ロシア号に乗りおくれてはいけないという意識が強くて、十津川と、日下は、まず、イルクーツクの駅に行き、ロシア号の時刻表を確かめてから、立食いの食堂で、おそい昼食をとった。パンと、ジュースだけの簡単な食事である。

二人は、また、イルクーツクの駅に行った。駅前から出ている観光バスに、日本人の姿が、多かった。バイカル湖見物に出かけるらしい。

二人は、それを見送ってから、構内のカフェで、コーヒーを飲んだ。

ロシア号が、着くまでに、まだ、四時間は、ある。

「今、日本人観光客を見て、思い出したんですが、藤本老人のことです。彼が、機関車のことを、いっていましたね。日本の会社が、五両も、買って、日本へ運ぶといっていましたね」

と、日下が、急に、声をひそめるようにして、十津川に、いった。

「私も、それを、考えていたんだよ」

と、十津川も、声を低くして、いった。

「また、例のオリエント急行と同じ手を、連中は、使うんじゃないでしょうか？」

と、日下が、いう。

「同感だね。日本の経済視察団が来ていた。各企業の人間たちだ。たぶん、あの中で、ツビエトの機関車五両を買った会社があるんだ。機関車は、修理され、五重連で、シベリア鉄道を、ウラジオストクまで走り、そのあと、船で、日本に運ばれる。オリエント急行の時と同じだ。あの巨大な機関車なら、百丁のトカレフだって、楽に、隠せるだろうね」

「オリエント急行の時は、日本で、乗客を乗せて日本一周をするので、日本の工場で整備しました。それで、トカレフが、見つかったんですが、中古の機関車、しかも、列車を引っ張って走るわけじゃありませんから、日本の工場で、台車を取り換えるだけで、整備する必要もありません。それだけ、見つかる恐れもないことになります」

「連中は、金を貰《もら》ったあと、ウラジオストクまでの間で、五両の機関車に、トカレフを積み込む気でいるのかもしれないな」

「だから、いつでも、大丈夫だと、いったんですよ」

「どうしたらいいと思うね？」

と、十津川が、いった。

第一九章　決断

1

「これは賭《か》けだと思います」

と日下は、いった。

「そうだな。日本に買い取られたSLで、拳銃や、他の武器が運ばれるだろうというのは、われわれの想像だからね。それを確認してから動くわけにはいかないんだから、賭けるより仕方がないな」

と、十津川は、いってから、ちょっと考えて、

「しかし、それほど、分《ぶ》の悪い賭けじゃないと思うよ。前に、連中は、オリエント急行を利用して、トカレフ百丁と実弾を、日本に運び込んだ。警察は、見つけたが、公表しなかった。だから、連中は、成功したと思っているかもしれない。もし、そうだとすると、もう一度、同じ方法を採《と》る可能性は強いんだ」

「それでは賭けますか？」

と、日下が、きいた。

「ロシア号が、あと三時間と少しで着く。この駅には、八分停車だ。その間に、連中のことを調べられたらと思っているんだがね」

「連中といいますと？」

「藤川夫婦や、ハインリッヒのことだよ。藤川夫妻は、すでに乗っているし、ハインリッヒは、たぶん、ノボシビルスクで、乗っただろう。われわれを、オムスクで降ろしたあと、連中は、例の東ドイツの男と、商談をしたはずだ。もちろん、七十万ドル持参だから、商談は成立しただろう。そうなった時、彼らは、ウラジオストクまで、この列車に、乗って行くだろうか？　八分間の停車時間の間に、それを確かめたいんだ」

「商談が成立したら、連中は、列車を降りてしまうと、お考えですか？」

「われわれの想像が、当たっていて、SL五両に、銃を積むことになっているとすれば、そのSLは、今、藤本老人の働いている工場で、整備中だ。とすれば、彼らは、全員がここで降りるか、或いは、一人か二人は、降りるはずだよ」

と、十津川は、いった。

「もし、三人とも、ここで降りなかったら、どうしますか？」

「恐らく、われわれの推理が間違っているんだ」

と、十津川は、いった。

「誰かが、ここで降りるのを祈ったほうが、良さそうですね」

「そうだな。東京のカメさんに、連絡しておきたいんだが」

「公衆電話から、国際電話は、かけられないみたいですよ」

と日下は、いった。

十津川は、公衆電話ボックスをのぞいてみたが、確かに、国際電話をかけられるようには、なっていなかった。

一五時五八分丁度《ちようど》に、ロシア号が、到着した。

十津川と、日下は、柱の陰に身を隠して、列車から降りて来る乗客を見守った。

長大な列車なので、ホームに降りて来る人数も多い。迎えに来ている家族と、抱き合っている乗客もいれば、恐らく、モスクワから、シベリアに働きに来たのだろう。不安げに、ホームで、周囲を見まわしている若者の姿もあった。

ぞろぞろと、例の日本の経済視察団の男たちが、降りて来るのが見えた。

（ここで降りるのだろうか？）

と、十津川は、見ていたが、彼らは、ホームの中央あたりにかたまって、なかなか動こうとしない。その中に、三人を残して、他の団員たちは、また、列車に引き返してしまった。

どうやら、この駅で降りるのは、三人だけらしい。

連中の陰になって、見えなかったのだが、彼らが消えてしまうと、急に、見覚えのある藤川夫妻の姿が見えた。二人の傍らに、ブロンドの背の高い男がいた。

（ハインリッヒか？）

と、十津川は、見すえた。

ハインリッヒは、藤川夫妻に、握手してから、出口の方へ、ゆっくり歩いて来た。

藤川夫妻は、列車に戻っていく。

「どうしますか？」

と、日下が、小声で、きいた。

ハインリッヒは、ゆっくりした足取りで、ホームを出て行く。

「あいつを見ろよ」

と、十津川は、いった。

「彼は、ここで、降りるんですね」

「彼は、七十万ドルの現金を持っているはずだよ。それなのに、今は小さなボストンバッグしか持っていない」

「列車の中で、七十万ドルを、例の売り手の男に、渡したということですか？」

「そう考えざるを得ないよ。取引の第一段階は終わったんだろう」

と、十津川は、いった。

「すると、藤川夫妻は、あとは、ウラジオストクまで、ゆっくり、シベリア鉄道の旅を楽しもうというわけですか?」

と、日下が、きく。

「それもあるだろうし、SLに隠して、密輸するとしたら、ウラジオストクで、それが、無事に積み出されるかどうか、見守る気じゃないかね」

「それで、われわれは?」

「取引が終わっているんなら、あの東ドイツ人も、もう、列車には乗っていないだろう。ハインリッヒを尾行してみよう」

と、十津川は、いった。

2

ハインリッヒは、タクシーに乗った。十津川と、日下も、急いで、タクシーに乗り込んだ。

行く先は、イルクーツクの街である。

ハインリッヒのタクシーは、アンガラ川を渡ると、川沿いのガガーリン通りに面したホテルの前で、停まった。

インツーリストホテルである。このイルクーツクでは、大きなホテルらしい。

十津川と、日下も、ハインリッヒに続いて、ホテルのロビーに入って行った。

「予約なしでも、大丈夫かね？」

と、十津川は、小声で、いった。ソビエトでは、予約なしでは、ホテルを断わられることが多いと、聞いていたからである。

「藤本老人がいっていましたが、今のソビエトでは、ドルの力がすごいということで、その利用をしてみます」

と、日下は、いった。

フロントで、ドルの威力が功を奏したのか、ツインの部屋を、一つ、確保することができた。

五階のその部屋に入り、窓のカーテンを開けると、アンガラ川が眼下に見え、その向こうに、イルクーツクの駅が、見えた。

十津川は、藤本老人が書いてくれた彼の家の電話番号に、かけることにした。

最初は、留守だったが、夕食のあとでかけると、藤本老人が出た。

「日本の会社が買った五両の機関車ですが、いつ、整備が終わるんですか？」

と、十津川は、きいた。

「もう、ほとんど終わっていて、明後日《あさって》、五重連で出発するはずです。ウラジオストクまでです」

と、藤本老人は、いった。

「五重連というと、全部の機関車が、石炭を焚《た》いて、走るわけですか?」

「いや、客車を牽引《けんいん》するわけじゃないから、五重連でも、一両か、二両の機関車だけが、石炭を焚いて、走るんだと思いますよ」

「念を押しますが、日本の会社が購入したんですね?」

「そうです。新日本企画という会社です。私は、よく知りませんが、日本では、大きな会社だそうですね?」

と、逆に、藤本が、きいた。

「戦後に出来た会社ですが、一流の会社です」

「今回、日本の経済視察団の一員として、その会社の社員も、来ているそうです」

と、藤本は、いった。

「藤本さんが働いている工場に、新日本企画の社員が、来たことがありますか?」

「私は、知りませんが、一カ月ほど前に、来たようです」

「警備された五両が、ウラジオストクまで走るのに、立ち会わないんですかね?」

と、十津川は、きいた。

「警備が終わり次第、出発しますが、イルクーツクで、新日本企画の人が、走り具合を、見るという話を聞いています」

と、藤本が、いった。

十津川は、今日、イルクーツクの駅で降りた三人の日本人のことを思い出した。たぶん、あの三人が、新日本企画の社員なのだろう。

「五重連の機関車を、ウラジオストクまで、運転して行くのは、誰が、やるんですか?」

「確か、二人の機関士が、交代で、ウラジオストクまで運ぶと聞いています。それから、うちの工場から、整備士が、二人、付き添って行くはずで、私が、その一人に、選ばれる可能性があります」

と、藤本は、嬉《うれ》しそうに、いった。

「しかし、機関車に、寝泊まりは、できないんじゃありませんか?」

「客車を一両だけ連結させて、それに、寝泊まりすることになるんじゃないかという話もあります」

「なるほど」

「それで、その客車も、日本の企業が買い取ってくれないかという交渉をしているみたいです。チェコ製の古い客車があって、日本の企業も、興味を示しているみたいだから、機関車五両プラス客車一両が、日本に行くことになるかもしれません」

と、藤本は、いった。

「明後日に、そこを出発するんでしたね？」

「順調に行けばです」

「ウラジオストクには、いつ、着くことになるんだろう？」

「私には、わかりません。シベリア鉄道のレールを走るわけですから、一般の列車のタイムテーブルや貨物列車のタイムテーブルにも、左右されますから」

と、藤本は、いった。

「それでも、一カ月も、二カ月も、かかるわけじゃないでしょう？」

「そうですね。おそくても、一週間で、ウラジオストクに、着くと思います」

「ウラジオストクまで、二十四時間、走り続けるわけじゃないでしょう？　主要駅では、長く停車するんじゃありませんか？」

と、十津川は、きいた。

「それは、私には、わかりません。この機関車のためのタイムテーブルを作る人がいるわけですから。ただ、主要駅で、停車するとしても、ホームには、停まらないはずです。一般の列車の邪魔になりますから、恐らく、退避線に、停車すると思います」

「一番早くオムスクを出発するとしても、明後日ですね？」

と、十津川は、念を押した。

「そうです」

「あなたの工場に、ドイツ人は、働いていますか?」

と、十津川は、きいた。

「私と同じように、シベリアに抑留された多くのドイツ人の中に、ソビエトに帰化した者がいて、何人か、同じ工場で、働いています」

「若いドイツ人は、いないんですか? 当然、東ドイツの人間だった人ですが」

と、十津川は、きいた。

「昔の東ドイツから、技術協力ということで、技師が、来ていました」

「ドイツが統一されたあと、その技師は帰国したんですか?」

「急いで、帰国した人もいますが、まだ、ここで働いている技師もいます。統一されたドイツに、あわてて返っても、生活が保障されるかどうか、わからないからでしょうね」

と、十津川は、きいた。

「その技師は、何人?」

「うちの工場に、二人います」

「その技師は、五重連の機関車に同乗して、ウラジオストクまで行くんだろうか?」

「若い技師のほうが、ついて行くはずです。彼は、優秀ですから」

「その技師の名前が、わかりますか?」

「私たちはバウアーと、呼んでいます。正式な名前は知りません」

「いくつぐらいの人ですか？」

「四十二、三歳だと思いますが――」

「顔に特徴がありますか？」

「髪は赤毛ですが、かなり薄くなっていますよ。背は、一八〇センチくらいですかね。太った大きな男です」

と、藤本は、いった。

「あなたが、同乗するかどうかわかるのは、いつになりますか？」

と、十津川は、きいた。

「明日じゅうに、わかるはずです」

「では、また、明日、電話します」

と、十津川は、いって、電話を切った。

十津川は、次に、東京の亀井の自宅に、連絡を取ることにした。ホテルの交換に頼んだが、回線が塞《ふさ》がっているとかで、つながったのは、二時間近くたってからである。

「二日間も、連絡がないので、心配していました」

と、亀井は、いった。

十津川は、今、イルクーツクにいること、どうやら、新日本企画が買った五両のＳＬが、カギを握っていることなどを話した。

「そのことは、日本の新聞にも出ていました。ソビエト製のＳＬを、日本の会社が買って、シベリア鉄道経由で、運ばれてくるとかで、鉄道マニアが喜んでいるといった記事です」

と、亀井がいった。

「好意的な記事のようだね？」

「そうです。ソビエトのほうも、廃棄処分にしたＳＬが、日本に売れて、喜んでいるはずだし、珍しいＳＬが、来るということで、日本のＳＬファンも喜んでいるということです」

「警察庁のほうから、何かいってきたかね？」

「警部が出かけて、二週間ほど、たったが、佐伯警部の消息が、まだ摑めないのかと、上のほうに、苦情というか、注文というか、あったようです」

と、亀井は、いう。

そうだろうと思った。こちらに来て、まだ、佐伯が、生きているのか、死んだのか、それさえ、わからずに、いるのである。

十津川は、最後に、藤本老人のことを話した。彼に聞いた古い住所を、亀井に教えてから、

「彼の家族の消息を、調べておいてくれないか」

と、頼んだ。

第二〇章　ＳＬ出発

1

翌朝、ホテル内のインツーリストで、日下が、英字新聞を借りてきた。

「機関車のことが、出ています」

「藤本さんは、乗ることになったのかな?」

「同乗する人間の名前が出ています。ムジーク・シトスキ。これは、確か、藤本さんのロシア名です。彼のいっていたバウアーという東ドイツ人の名前も出ていますよ。全部で五名。客車の一両を、連結して、五重連で、ウラジオストクまで、運ぶと書いています。写真も、載っていますよ」

と、日下は、いった。

大型の機関車の前に並んでいる五人の工員の写真である。小柄な藤本老人も、その中で、笑顔を見せていた。その隣の大男が、たぶん、バウアーだろう。

出発は、明日とだけ、記してあった。時間が、書いてないのは、ソビエト的な大まかさなのだろうか。

「いよいよ、出発ですね。連中は、いつ、何処で、機関車に、拳銃などを、積み込む計画なんでしょうか？」

と、日下が、きいた。

「すでに、支払いがすまされているとすれば、連中は、一刻も早く、積み込みたいだろうね。連中は、どこかへ、武器を隠しているんだと思うが、いつも、不安でいるはずだ。早く、機関車の中に隠してしまえば、安心して、このシベリアから出られるからね」

「機関車のどこに隠す気なんでしょうか？　円筒の罐《かま》の中でしょうか？」

「普通、あの中には、水が入っているんだろう。それを、石炭で熱して、高圧の蒸気にして、ピストンを動かし、機関車を、前進させる。罐の中に、銃は、隠せないかな？」

「水を通さないもので、包んでおけば、水に濡れる恐れはありません。あとは、熱ですね。熱に強いもので覆《おお》えば、罐の中に隠せます」

「それに、五両の機関車のうち、実際に、石炭を焚《た》いて動かすのは、せいぜい二両か、三両だろう。それなら、残りの機関車の罐の中には、いくらでも、銃を隠せるよ」

と、十津川は、いった。

「機関車を買ったのは、日本の会社です。それも、シベリア開発に関係して来そうな会社ですから、ソビエト政府も、五両の機関車の検閲は、しないんじゃありませんか。何しろ鉄屑《てつくず》になるものが、高く売れたわけですから」

と日下も、いった。

「七十万ドルで、どんな武器を買ったんだろう?」

「トカレフ拳銃百丁で、二十万ドルでしょう。一丁二千ドルとしてです。実弾を一丁につき、百発として、一万発。一発いくらかわかりませんが、一発五ドルとしても、五万ドルです。あと、四十五万ドルもありますからね」

「AK47自動小銃、手榴弾《てりゅうだん》、機関銃、バズーカ。何でも考えられるね」

「ソビエト軍は、軍縮に向かって、兵器が余っていますからね。溶かして、鉄に戻すより、売りたいでしょう。特にドルの欲しい兵隊は」

と、日下は、いった。

「それに、東ドイツの連中が、ブローカーを買って出たということかな」

「西ドイツに、呑《の》み込まれないためには、彼らも、ドルが欲しいんだと思いますね」

「そして、日本の暴力団が、客か。連中に、多量の武器が渡ったら大変だよ」

「どうやって、ウラジオストクまで、監視していきますか? 向こうは、タイムテーブルにない機関車だけの旅ですから」

「君は車を運転できるかね?」

「免許は、持っています。しかし、国際免許じゃありません」

「構うものか。私もできるから、二人で、車で、機関車を、追おうじゃないか」

「車は何処にあるんですか？」

「駅の近くの広場で、中古車を、売っていたよ。個人が、勝手に、売っているらしい。あの中で、走れるやつを買って、クラジオストクまで、乗って行こうじゃないか。向こうで、乗り捨てればいい」

「外国人のわれわれに、売ってくれますかね？」

「そこは、君のいうドルの威力を、使ってみようじゃないか」

と、十津川は、いった。

二人は、ホテルを出て、駅まで歩いて行った。十津川のいった通り、駅近くの広場には、自由市場が開かれ、その一角に、中古車が、数台、並べてあった。

どれも日本でならば、廃棄処分にされそうな車ばかりである。その中で、一番、使えそうなのは、黄色い、東ドイツ製のトラバントだった。

幸い、持ち主は、英語が、通じた。

その車に乗って、ウラジオストクまで、シベリア横断の旅をしたいのだというと、相手は、イルクーツクの市役所まで一緒に行ってくれて、観光旅行の手続きまでしてくれた。

これも、ドルの威力かもしれない。

若い日下は、手に入れたトラバントの走りの悪さに、びっくりしていたが、十津川は、むしろ、この車の簡素な作りが、なつかしかった。

何もついていない車だった。これから、シベリアを走ろうというのに、ヒーターはついていない。馬力も小さいし、燃料は、混合である。それでも、試しに二人で運転してみると、前の持ち主の手入れがよかったのか、最高六十キロまで、スピードが出た。これなら、何とか、五重連の機関車は、追いかけられるだろう。

翌日の午後二時頃、新日本企画の三人が、ホテルを出て、タクシーに乗った。十津川と、日下は、早速、トラバントに乗って、彼らのあとを追った。

三人が、行ったのは、イルクーツクの駅である。

三人は、ホームに入ると、しきりに、腕時計に、眼をやっている。今日は、快晴だったが、かえって、風は、冷たかった。吹き下ろしのホームは、やたらに寒いのだ。

五、六分して、五重連の機関車が、これも、古めかしい客車を一両つけて、入って来た。ホームにいたロシア人たちも、珍しそうに、五重連の機関車を、見ている。

客車のドアが開いて、ソビエト政府の人間と思われる太った男が、ホームに飛び降りると、三人の日本人に向かって、挨拶を始めた。

こうやって、ウラジオストクまで、運びますとでも、説明しているのだろう。

三人の日本人は、その役員に案内されて、五両の機関車を見てまわり、続いて、客車に入って行った。

十津川と、日下は、離れた場所から、そうした動きを、眺めていた。

「あの三人は、銃の密輸とは、関係なさそうだね」

と、十津川は、いった。

「知らずに、新日本企画という会社も、利用されているということでしょうか？」

「たぶんね。ただ、会社の中に、連中と、通じ合っている人間がいて、機関車を買うことを、教えていたと思うよ。連中は、それを知っていたから、密輸計画を、立てられたんだろう」

と、十津川は、いった。

三人が、客車から降りると、五重連の機関車は、急に、動き出し、待避線に、移動して行った。

午後三時過ぎには、同じホームに、今度は、ウラジオストク行のロシア号が、入って来た。

三人の新日本企画の社員は、ロシア号に乗り込んだ。買い取った五両のSLと、チェコ製の客車を確認したので、安心して、列車に乗ったのだろう。

待避線に移動した五重連の機関車は、いつ動き出すのか？

駅員に聞きまわったりしたら、連中を警戒させてしまうだろう。だから、じっと、見守っているより、仕方がない。

二人は、いったんホテルに戻ると、チェック・アウトの手続きを取り、次に、自由市場で、パンや、チーズや、果実を買い込んで、車に、積んだ。

あとは、五重連の機関車の動きを、見張るだけである。

「藤本老人は、どうしていますかね？」

と、イルクーツク駅の近くに、車を停めて、日下が、いった。

眼の前に、シベリア鉄道のレールが、延びている。あの五重連の機関車が、動き出せば、いやでも、ここを、通過して行くだろう。

「あの客車の中で、食事でもしているんじゃないかね」

「何とか、連絡を取れませんか？」

「いや、連絡しないほうがいいよ。あの老人を、危険な目に、遭《あ》わせたくないからね」

と、十津川は、いった。

十津川と、日下は、車の中で、一夜を明かすことになった。それも、交代で、眼の前のレールを見張るのである。

ヒーターのない車両は、外の気温が下がるにつれて、どんどん、寒くなっていった。

早朝の午前四時頃だったろうか。

日下に、肩を揺すられて、十津川は、眼をさました。

「今、例のSLが、通過して行きました」

と、日下は、いった。

「間違いないんだな？」

「ありません」

「じゃあ、われわれも、出発しよう」

と、十津川は、いった。

イルクーツクから、次の都市、ウランウデに行く道路を、二人の乗ったトラバントは、車体をふるわせながら、走り出した。

巨大な長距離トラックが、一台、二台と、追い越して行く。その猛烈な排ガスに包まれて、一瞬、目の前が、見えなくなった。

「ひどいもんですね」

と、運転しながら、日下は、舌打ちした。

「ここでは、トラックが、主役なんだよ」

と、十津川は、いった。

夜が明けてくるにつれて、周囲の針葉樹林が、はっきりした姿を見せる。

いくら走っても、その景色は、変わらない感じだった。

シベリア鉄道の線路から離れているので、五重連のSLは、見ることが、できない。

「連中は、どんな場所で、武器を積み込むと思いますか？」

と、運転しながら、日下が、きいた。

「駅か、その途中かだね」

「途中に、機関車を、停めるんですか？」

「バウアーというドイツ人が、連中と、通じていれば、故障に見せかけて、どこででも、停められるはずだよ」

「駅は、いくら待避線でも、目撃される可能性がありますから、途中で、積み込む可能性が強いですね」

「同感だよ」

「時間は、何時頃でしょうか？」

「私なら、夜にするね」

と、十津川は、いった。

「ヘリでも、持っていれば、空から見張れるんですが」

「無理なことはいいなさんな」

と、十津川は、苦笑した。

時々、道路を外れて、シベリア鉄道のレールを見た。

だが、すでに、武器を積み込んでしまったあとなのか、その逆か、わかりはしなかった。

約九時間で、ウランウデの町に入った。

すぐ、駅に、車を走らせた。

「いますよ！」

と、日下が、ほっとした顔で、いった。

駅の、ここでも、待避線に、五重連のＳＬが、停まっていた。

小柄な藤本老人が、ＳＬの車輪や、ブレーキ部分を見てまわっているのが、見えた。

イルクーツクから、ここまでの間に、武器は、すでに、積み込んでしまったのだろうか？　このままでは、確かめる術《すべ》がない。

仕方なく、十津川は、警戒されるのを承知で、ＳＬに、近づいて行き、

「藤本さん」

と、点検中の藤本老人に声をかけた。

相手は、振り向くと、びっくりした顔で、

「どうしたんですか？」

と、日本語で、きいた。

「中古の車を買って、シベリアを横断中なんです。これが、日本の買ったＳＬですね？」

「そうです」

「今日は、イルクーツクから、走って来たんですね？」

「そうです」

「途中で、停まっているのを見た気がしたんだが、故障でもしたんですか？」

「それは、違いますよ。われわれは、ここまで、停車せずに、走って来ましたから」

「今日は、ここで、一泊ですか？　それなら、一緒に夕食でも、どうですか？」

と、十津川が、きくと、藤本は、すまなさそうに、

「今日の午後五時に、出発なんですよ」

「チタまで？」

「そうです」

「しかし、夜になってしまいますよ」

「構いませんよ」

と、藤本は、笑った。

東ドイツ人のバウアーが、不審げな眼で、見つめているのに気づいて、十津川は、彼の傍《そば》を離れた。

「今日の午後五時に出発だ」

と、車に戻って、十津川は、日下に、いった。

「チタまで、いっきに走るんですか？」

「そうらしい。武器は、まだ、積んでいないと見ていいな」

「チタまで、ロシア号でも、九時間かかるところですから、途中で、夜になってしまいますよ」

「わかっていて、走るらしい」

「すると、途中で連中が武器を積み込むかもしれませんね」

「そうだな」

と、十津川は、短く、うなずいた。

第二章　迎撃

1

チタへ行く道路が、ずっと、シベリア鉄道と平行して走っていれば、列車を監視しながら、走ることができる。しかし、その保証はない。

「もう一度、藤本老人に、会ってくる」

と、十津川は、いった。

彼に、余分な気を使わせるのは、はばかられたし、ひょっとすると、危険にさらすことになるかもしれないと思ったが、このシベリアで、頼れるのは、藤本老人しかいなかった。

十津川は、駅で、また、藤本老人を呼び出した。

「あなたしか、頼む人がいないんです。危険なことだが、やってくれますか？」

と、十津川は、最初から、打ち明けた。

「私は、死ぬような目に、何回も遭ってきているし、この年齢《とし》だから、怖いものは、ありませんよ」

と、藤本は、笑った。

「詳しいことは、話せませんが、今夜、あなたの乗る五重連の機関車は、途中で、停車すると思うのです」

「駅でもない所で？」

「そうです。たぶん、バウアーという東ドイツ人が、細工をして、停車させると思うのです。私は、その場に立ち合いたい」

「なぜ、駅でもない場所で、機関車が、停車するんですか？」

藤本が、眉を寄せて、きく。

「理由はいえませんが、停車した時、何か、合図してほしいのです」

「どうやってですか？」

「これは、ベルリンで買ったトランシーバーです」

と、十津川は、その片方を、藤本に渡した。

「これで、常に、連絡するのですか？」

「いや、そんなことは、要求しません。ずっと、スイッチをオフにしておいて、もし、途中で停車したら、その時、オンにしてほしい。シベリアのような原野では、電波は、かなりの距離まで届きますから、私が、気づくチャンスもあるわけです」

「それだけで、いいんですか？」

「それだけで、結構です」

と、十津川は、いった。

十津川は、車に戻り、機関車が、出発する少し前に、チタに向かって、ウランウデを出た。トランシーバーのスイッチは、入れたままにしておく。

変化のない針葉樹林の海の中を、走り続ける。突然、切り開かれた大地に、工場が、現われる。轟音《ごうおん》を立てて動きまわる巨大なトラックの群。

十津川たちの小さなトラバントは、彼らに、追い立てられるように、先を、急いだ。

陽《ひ》が暮れてきた。

シベリアの大地全体が、眠りにつく。名もわからぬ川に、つき当たった。

その周囲だけ、展望が利《き》くので、十津川は車を停めた。

下流の方向に、月明かりの中、長い鉄橋が見えた。シベリア鉄道の鉄橋だろう。

二人は、五重連の機関車がくるのを、じっと待った。

十津川は、ウランウデの町で買った耳当てをつけ、手袋をはめ、コートの襟を立てて、車の外に出た。煙草に火をつける。足元からくる寒さに、小きざみに、足踏みをした。

三十分ほどで、見覚えのある機関車が、姿を見せた。五両の機関車が、つながって走るのは、勇ましく、同時に、優雅なものだった。

「さあ、行こう」

と、十津川は、車に戻って、日下に、いった。

途中で、予備のタンクから、ガソリンを入れ、走り続ける。意外に、車の調子は良かった。故障したら、どうしようかと思っていたのだが、今のところ、その心配は、なさそうである。

夜半になった。

突然、十津川の手元に置いたトランシーバーに、反応があった。小さく音が聞こえ、赤いランプが、点滅する。

「線路は？」

「右手のはずです」

「何とか、見える場所へ出てくれ」

と、十津川は、いった。

右に曲がれる道を見つけると、日下は、強引に、ハンドルを切った。舗装道路が、たちまち、砂利道に変わる。小石が、はね返って、トラバントの底を乱打する。心細いが、それを気にしてはいられなかった。

強引にひたすら走る。その間も、トランシーバーの信号は、点滅し続けている。

やっと、シベリア鉄道の線路に、ぶつかった。だが、左右を見まわしても、機関車の姿は、なかった。

「走るぞ！」

と、十津川は、叫び、車から飛び出して、トランシーバーを片手に、チタ方向に駆け出した。日下が、それに続く。反対方向に、停車しているかもしれなかったが、両方を見る余裕はない。

長いトンネルがあった。二人は、ためらわずに飛び込み、駆け抜けた。

「見つけた！」

と、十津川は、思わず、小声で叫んでいた。

前方に、五重連の機関車が、月明かりの中に、浮かび上がっていた。

その横に、軍のトラックと思われる車が二台、停まっている。

五両の機関車の先頭車両に、何人かの人影が、取りついているところをみると、この車両が、故障を起こしたのか？

「近づいてみよう。わからないようにだ」

と、十津川は、小声で、いった。

線路の両側は、草原である。二人は、その中に隠れ、身体を低くして、近づいて行った。

やはり、故障の修理だった。修理にかかっている人間の中で、ひときわ小柄なのは、藤本老人だろう。

「車輪を取り換えていますよ。こりゃあ、大変だ」

と、日下が、押し殺した声で、いった。

軍服姿の男たちも加わって、機関車の前輪を、外している。

「時間が必要なんだろう」

と、十津川がいった時、突然、何の前触れもなく、機銃掃射に、見舞われた。

二人の周囲の草が、弾丸によって、なぎ倒され、硝煙の匂《にお》いが、十津川たちを押し包んだ。が、一発も命中しなかった。威嚇射撃だからなのだ。対人レーダーに捕捉されたのだろう。

「――――！」

拡声器を通して、男の大きな声が、聞こえた。二度、三度と、同じロシア語が、ひびき渡った。

十津川も、日下も、ロシア語は、わからなかった。が、何をいっているのかは、想像がついた。

十津川は、トランシーバーを、草の中に押し込み、両手を上げて、ゆっくり、立ち上がった。日下も、それに、ならった。

ＡＫ47を持った軍服の男たちが、三人、駆け寄って来て、十津川と日下を、取り囲んだ。

「われわれは、観光客だ」

と、十津川は、英語で、いった。

三人の兵士の中の一人が、これも英語で、

「観光客が、なぜ、こんな所にいるのか？」

と、きいた。訊問《じんもん》の調子だった。

「車で、シベリア横断旅行していたのだが、この先で、その車が、故障してしまった。それで、誰かに助けてもらおうと思ってね。日本と違って、いくら探しても、ガソリンスタンドも、修理工場も見つからなくてね」

「助けを求める観光客が、なぜ、隠れて、われわれに近づいたんだ？」

と、相手は、いい、十津川と、日下は、トラックの一台に、放り込まれた。大きな幌《ほろ》をかぶせた荷台には、木箱が、積み込まれていて、AK47を持った兵士二人が、十津川と日下の監視についた。

「連中は、正規の兵士じゃありませんよ」

と、日下が、小声で、いった。

「わかってる。ロシア号の車内で会った東ドイツ人と、よく似た兵士がいたからね」

「これから、密輸する武器を、機関車に積み込むんでしょうね。故障を直している隙《すき》に」

「だろうね」

「われわれは、どうなります？」

「それは、連中が、われわれを、どう見ているかによるね」

と、いった時、三人目の兵士が、トラックに乗り込んできた。

ヘルメットを取ると、ロシア号の中で、武器の購入について、やり合った東ドイツ人だった。

男は、AK47自動小銃を、構えながら、十津川に向かって、

「困った人たちだ。なぜ、われわれを、追いかけるようなバカな真似《まね》をするのかね？」

「どうしても、銃が欲しかったからだよ」

と、十津川が、いうと、相手は、肩をすくめて、

「君たちが日本の警察官であることは、もうわかっているんだよ」

「殺すのか？」

「そうしたくはないがね」

「私たちより、前に来た日本人は、殺したのか？　サエキという男だ」

と、十津川は、きいた。

「ああ、あの男か」

と、相手は、うなずいて、

「あの男は、最初から、むき出しの敵意を見せて、われわれを、追いまわした。だから、われわれとしては、彼を、排除するより仕方がなかったんだ」

「君たちは、ドイツが統一したというのに、なぜ、こんなことをしてるんだ?」

と、十津川は、きいた。

男の顔に、暗い笑いが、浮かんだように、見えた。

「おれたちは、二級市民には、なりたくないんだよ」

「二級市民って、何のことだ?」

「東ドイツは、西ドイツに併呑《へいどん》される。経済も資産も、差があり過ぎるんだ。おれの友人たちは、みんな、びくびくしてるよ。失業が怖いし、インフレが怖いしね。西ドイツのお情《なさ》けにすがるより仕方がない。あのままじゃあ、西ドイツ市民は、一級市民で、おれたちは、二級市民になってしまう。それには、我慢できないんだよ」

「我慢できなくて、銃の密輸か?」

「銃の代わりに、トラバントを、日本人が、買ってくれるかね?」

と、いって、男は、また、笑った。

「ミスター・サエキの遺体は、どこに、埋葬されてるんだ?」

と、日下が、きいた。

「東ドイツで、最近、拳銃強盗が多発していてね。統一して、欲望は拡大したが、肝心のマルクが、ないからだよ。若い連中が、自棄《やけ》を起こしているんだ。東ドイツに出稼ぎに来ているベトナム人たちが、襲われたりもするようになった。五人のベトナム人が、殺された時があってね。その遺体の一つが、日本人のものだったかもしれないよ」

と、男は、思わせぶりに、いった。

十津川は、思わず、かっとして、

「ミスター・サエキの遺体を、そこに、放り出しておいたのか？」

「おれは知らん。そうやって、処理したと、聞いただけだ」

と、男は、いい、ちらりと、外に眼をやった。

兵士が、二人、トラックの荷物を運び出して行った。機関車の修理の間に、木箱の中の銃を、機関車の中に、隠すのだろう。

その兵士の一人は、左手の手首がなかった。

（ひょっとして――）

と、十津川は、思った。

オリエント急行の食堂車の天井には、トカレフ拳銃と一緒に、人間の左手首が、ひからびて、入っていた。

あれと、何か関係があるのではないのか。例えば、あの食堂車の天井に、トカレフを隠す作業中に、争いがあって、一人が、手首を、吹き飛ばされた。だが、それを、現場に投げ出して逃げては、指紋で、身元が割れてしまう。そこで、咄嗟《とっさ》に、食堂車の天井に、トカレフと一緒に、隠してしまったのではないのか？

ふいに、鋭い笛の音が、聞こえ、機関車の蒸気音が聞こえた。

故障が、直り、これから、五重連の機関車が、発車するのだろう。それは、同時に、密輸の銃が、積み込まれてしまったということでもある。

兵士たちが、トラックに、戻って来た。

二台のトラックのエンジンが、掛かる。

「私たちを、何処に連れて行くんだ？」

と、十津川は、例の男に、英語で、きいた。

「適当な場所までだ」

と、男は、いう。他の連中は、英語がわからないのか、無表情だった。

「殺すのに適当な場所ということか？」

「このシベリアに、日本人は、何万と死んでいるんだろう？　だから寂しくはないはずだよ」

と、男は、冷たい口調で、いった。

軍用トラックが、ひと揺れして、動き出した。だが、すぐ、急ブレーキが、かかって、停まってしまった。

男が、ドイツ語で、運転手に向かって、怒鳴《どな》った。

「どうしたんだと、きいています」

と、日下が、小声で、いった。

運転手が、大声で、怒鳴り返す。

十津川も、幌《ほろ》の隙間《すきま》から、前方を、見つめた。

トラックのフロントライトの中に、小さな男が、浮かび上がって見えた。

藤本老人だった。

彼は、右手に、十津川が渡したトランシーバーを持ち、ロシア語で、何か、いっている。

それを、兵士の一人が、ドイツ語に通訳して、例の男に、伝えた。

「藤本さんは、トランシーバーでKGBに連絡したと、連中を、脅しています」

と、日下が、十津川の耳の傍《かたわ》らで、いった。

「KGB?」

「何とか、助かるかもしれませんよ」

と、日下が、眼を光らせて、いった。

第二三章　凍土の中で

1

「射殺してしまえ」

と、男は、声高に、怒鳴《どな》った。フロントライトに浮かび上がった小柄な日本人が、虫ケラのように見えたのだろう。

「しかし、KGBに連絡したといっている。KGBは、まだ力を持っているぞ」

銃を構えた、兵士姿の男が、ためらいを見せた。

藤本は、相変わらず、トランシーバーを片手に、仁王《におう》立《だ》ちになっている。

「何を要求してるんだ？」

と、男が、きいた。

「日本人の観光客二人を、釈放しろといっている。連れ去るなら、このトランシーバーで、KGBに報告すると、叫んでいるよ」

「近くに、KGBがいるなんて、聞いていないぞ」

「彼は、いると、いっている」

「ハッタリだ」

「かもしれないが、いたら大変だぞ。それに、トランシーバーを持っているんだ。ハッタリとは思えない節がある」

「しかし、こんな所に、KGBがいるのか？」

「あいつが、呼んだのかもしれん」

「早くしろ！　さもないと、ここへ、KGBを呼ぶぞ！」

藤本老人が、大声で、叫んだ。そして、トランシーバーに向かって、何か、話している。

そのことが、男たちに、動揺を与えた。

「よし、釈放しよう。その代わり、そのトランシーバーを、こっちへ渡せ」

と、男が、いった。

「日本人の釈放が先だ」

と、藤本が、主張して、トランシーバーに向かい、

「そちら、KGBですか？」

と、いった。

男は、トラックの中にいる十津川と、日下に向かって、英語で、

「奴《やつ》を知ってるのか？」

「同じ日本人だ。それだけだ」

と、十津川は、いった。

「奴を、ここへ呼べ」

「なぜ？」

「君たちを助けてやるが、拳銃のことを、喋られては困る。だから、一緒に、離れた場所まで連れて行って、釈放する」

「信用できないな」

と、十津川は、いった。

「それなら、三人とも射殺する」

と、男は、いった。たぶん、この男は、そうするだろう。

「私が、彼の所へ行って、説得するが、三人とも殺さないという保証はあるのか？」

と、十津川は、きいた。

「保証はできない。が、今、即座に射殺しないのが、その保証と考えてもらえばいい」

と、男は、いった。

十津川は、迷った。五重連の機関車は、すでに、遠く走り去ってしまっている。

十津川は、男に、うなずいて見せ、トラックから飛び降りると、藤本老人のところへ、歩いて行った。

藤本は、心配そうに、日本語で、

「大丈夫ですか？」

「連中は、三人一緒に、奥地へ連れて行って、そこで、釈放すると、いっています」

「なぜ、そんな面倒なことを、するんでしょうか？」

「われわれに、連絡させないためでしょう」

十津川は、短く、拳銃のことを、藤本に話した。

「そんなことが、行なわれたんですか？　さっきの故障が、おかしいとは、思っていたんです」

と、藤本は、うなずいてから、

「無事に解放される保証は？」

「ありませんが、ノーといえば、ここで、射殺されます」

「それなら、仕方がありませんね」

藤本老人は、いい、二人で、トラックに乗り込んだ。

一台のトラックが先に走り出し、十津川たちを乗せたトラックは、別の方向に向かって、動き出した。

男たちは、押し黙り、車は、ただ、ひたすら、走り続ける。十津川には、北へ向かっているのか、南へ向かっているのかもわからなかった。家の明かりは、一つも見えない。粉雪が舞い、原生林に、何もない荒地が、続く。

やがて、夜が明けてきた。

トラックが、停まった。

「降りろ！」

と、男がいった。トランシーバーは、取り上げられ、三人は、車から降ろされた。

男は、一丁の拳銃を、十津川の足下に、投げて寄越した。トカレフ自動拳銃だった。

「弾丸が三発入っている。一人一発ずつだ」

と、男はいい、トラックは、走り去った。

2

陽《ひ》が昇ってくる。だが、ひどく寒い。十津川は、拳銃を、手に取った。やたらに冷たい鉄の感触だった。三人に三発の弾丸は、自殺用か。

「どの辺りか、わかりますか？」

と、日下が、藤本に、きいた。喋るたびに、白い息が、空中に広がっていく。

「ずっと、星を見ていました。シベリアの大地では、星でしか、方向がわかりませんからね。チタの北だということは、はっきりしています」

「どのくらい、北ですか？」

「七時間、走り続けましたからね。たぶん、三百キロから四百キロぐらいだと思います」

「一日、三十キロ歩いて、十日以上かかりますね」

と、日下が、いった。藤本老人は、肩をすくめて、

「この辺りは、今の季節、夜になると、マイナス三十度くらいになります。歩き出す前に、凍死ですよ」

「じゃあ、どうしたら、いいんですか？」

「とにかく、夜に備えましょう」

と、藤本は、いった。

何といっても、十津川と日下は、シベリアは、始めてである。戦後四十年間、ここで生きてきた藤本老人の指示に従うより仕方がない。

集められるだけの枯枝を集め、焚火《たきび》の準備をする。

陽が沈むと、藤本老人のいったように、気温は、みるみる下がっていった。ライターで、枯枝に火をつける。いくら燃やしても、背中を、痛いような寒さが、襲いかかってくる。歩いていたら、間違いなく、凍死していたろう。

「これから、どうしたらいいんですか？」

と、十津川は、藤本に、きいた。

「とにかく、凍死を防ぐことです」

と、老人は、いう。

「しかし、このままでは、凍死は防げても、餓死しますよ。それに、われわれは、三日以内に、ウラジオストクか、日本に、行かなければならないんです」

と、十津川は、いった。

藤本は、黙って、枝を火の中に投げ入れていたが、

「さっき、野生のトナカイを見ました」

「この拳銃で、射《う》つんですか？」

「そんなものじゃ、仕留められません」

「じゃあ、野生トナカイが、何頭いても、仕方ないじゃありませんか」

思わず、十津川が、激しい口調でいうと、藤本老人は、微笑して、

「まだ、この辺りは、狩猟を仕事にしている人たちがいると聞いています。獲物が多ければ、彼らが、やってくる可能性があります」

「来なかったら？」

「私たちは、死にます」

と、藤本老人は、いった。

三人は、火を絶やさないように、交代で、眠った。

夜明けは、おそい。午前八時頃なのだ。陽が昇ると、十津川たちは、また、枯枝を集めて、夜に備えた。

だが、いっこうに狩人たちは、現われない。

三日目の夜になると、十津川も、日下も、飢えと、疲れと、寒さで、意識が、もうろうとしてきた。

(佐伯と同じように、このシベリアで、死ぬのか?)

ぼんやりした意識の中で、考えた。やがて、この辺りは、深い雪に蔽《おお》われ、自分たちの死体は、わからなくなってしまうだろう。

藤本老人は、さすがに、しっかりしていて、十津川と日下が、つい、眠ってしまっても、火を燃やし続けている。

「申し訳ない」

と、眼を開け、交代して、起立しようとするのだが、身体が、いうことをきかなかった。

藤本老人が、何かいったが、十津川は、聞こえず、眠ってしまった。

「――――」

突然、激しい銃声で、十津川は、眼を開けた。

藤本老人が、立ち上がり、トカレフ拳銃を、発射しているのだ。

夜明けだった。

太陽が、昇ろうとしている。

「何をしてるんですか?」

と、十津川は、きいたつもりだったが、口が、思うように動かない。

藤本老人は、三発目を、宙に向けて、射った。

遠くで馬の走る音を聞いたような気がしたが、十津川には、覚えがない。

身体を揺すられて、眼を開くと、藤本老人とは違う、ひげだらけの老人の顔が、見えた。

ふいに、のどに、熱いものが、流し込まれて、むせて、吐き出した。

だが、少しずつ、身体が、あたたかくなっていく感じがした。

「飲みなさい」

という日本語が聞こえた。藤本老人の声だった。

温めたミルクが、また、のどに、流し込まれた。

三頭の馬が見えた。それに、銃を持った三人の男たち。

その一人が、十津川たちに、温めたミルクを飲ませてくれたのだ。

三人とも、ひげ面で、陽焼《ひや》けした、精悍《せいかん》な顔をしている。いかにも、狩猟民族という顔つきだった。いずれも老人である。若者がいないのは、やはり、狩猟の仕事を、好まないせいだろう。

ミルクのあと、干したトナカイの肉を、焚火《たきび》であぶって、与えられた。

十津川は、その肉をしゃぶりながら、藤本老人に、

「何とか、どこかの町まで、連れて行ってもらえませんかね。ドルで、お礼はすると、いってくれませんか」

「さっきから、頼んでいるんですが、彼らはあと一週間、猟を続けてから、村に戻ると、いっているんです」

「あと一週間？」

それでは、例の機関車は、日本に着き、銃は暴力団に渡ってしまう。

「そうです。あと、九頭、野生のトナカイを獲《と》ってから、村に帰るんだそうです。それには、一週間は、かかるだろうと、いっています」

「何とか、なりませんか？」

「緊急な用があれば、ヘリが、飛んできて、運んでくれるそうですが」

「緊急というのは、どういうことですか？」

「重病人が出たとか、この近くで、暴動があったとか、地震で死者や負傷者が出たとかすれば、無線で、ヘリを呼んでくれると、思いますが」

「私と日下君は、寒さと飢えで、死にかけたんだが、ヘリで、町の病院に運んでもらえませんかね？」

と、十津川が、きくと、藤本老人は、笑って、

「この辺りでは、二、三日食べなくても、平気ですからね」

「何とか、一刻も早く、日本に戻らないと、大量の銃が、暴力団に渡ってしまうんですよ。銃だけでなく、バズーカや、手榴弾なんかも、渡ってしまうんだ。それを、何とかして、防がなければならないんですよ」

「といっても、彼らの生活のリズムを、こわすわけには、いきませんよ」

と、藤本は、いった。

「あと、九頭、野生のトナカイが、獲れれば、村へ戻るんですね？」

「そういっています。ああ、われわれが、いくら頑張っても、一頭も、獲れやしませんよ」

「村は、遠いんですか？」

「ここから南東に、五十キロほどのようです。猟をしながら、少しずつ、戻って行くことになると思いますね」

「村に行けば、無線機があるんでしょうね？」

「もちろん、あるはずですよ」

「ソビエトにとっても、自分の国の軍隊から、銃が、密輸されていると知ったら、大変だと思うはずです。何とか、村へ行きたいんだが」

「と、いわれても——」

藤本老人は、首をかしげていた。

その夜、十キロほど移動して、野宿になった。

夜明け近く、傍《そば》の森で、火事になった。

十津川たちは、三人の猟師たちに協力して、必死に消そうとしたが、手に負える火勢ではなかった。

一時間もすると、ヘリが、飛んできた。

続いて、双発の飛行機が飛来し、その大きな腹の部分から、燃える森林に向かって、どっと、水をぶちまけた。

近くの湖から、水を汲《く》み上げては、飛来して、水を撒《ま》くのだ。

雨も降り出し、火は、次第に、下火になって行った。

完全に鎮火したあと、火事の原因を調べに、ヘリコプターが、着陸した。

降りて来た役人に、十津川は、藤本老人の通訳で、一刻も早く、ウラジオストクか、日本に帰りたい旨《むね》を、訴えた。

米ドルも渡した。銃の密輸の話もした。

ドルが威力を発揮したのか、銃のことが効果があったのかわからないが、十津川たちは、町まで、ヘリで、運んでもらえることになった。

五重連の機関車に、すでに、四日おくれていた。

第一三章　時間との戦い

1

十津川と、日下が、ウラジオストクに着いた時、すでに、五両の機関車と、客車一両は、日本の貨物船に積み込まれ、出発してしまっていた。

積み込む時、ほとんど、検査らしきものを、していないようだった。ウラジオストクの税関も、まさか旧式の機関車の中に、銃が隠されているとは、思っていなかったのだろう。

或いは、廃棄処分の機関車が、貴重な外貨を獲得してくれるというので、フリーパスで、通ってしまったのかもしれない。

十津川は、すぐ、東京の亀井に、国際電話をかけた。

「五両の機関車と客車が、日本に送られてくることは、新聞が、書き立てています。確か、今日じゅうに、下松港に着くはずです」

と、亀井が、いった。

「今から、すぐ、下松港へ行って、貨物船で運ばれた機関車と、客車を、おさえてくれないか」

と、十津川は、いった。

「わかりました。銃や、弾丸は、絶対に、暴力団に渡しませんよ」

「松井家の人間は、動いているかね？」

「いや、何の動きも見せていません。今度の件については、身代金の名目で、七十万ドルを、亡命ドイツ人に支払っただけで、何もしていないと思いますね。先のオリエント急行の件が失敗したので、臆病《おくびょう》になったんだと思います」

「その代わりに、亡命ドイツ人たちと、暴力団の間に誰が入っているのかな？　今度は、直接取引なのかね？」

「私も、それを知りたくて、いろいろと、調べているのですが、どうも、はっきりしません。ただ、関東地区に勢力を張る暴力団K組に、近く、大量の武器が入るという噂《うわさ》が流れています」

「K組が、購入元か？」

「K組では、今、東北進出をかけて、地元の暴力団と、抗争中です。もし、K組に、七十万ドル分の銃や弾丸が入れば、圧倒的に有利になるはずです」

「七十万ドルは、ハインリッヒが、現地で払った金額だから、K組が、払うのは、その三倍から、四倍かもしれないな」

「それでも、拳銃が百丁も、二百丁も、入手できれば、安いものです」

「今回は、政治家が、介入していないのかな?」

と、十津川は、いった。

「新日本企画という会社が、ソビエトで、旧式のSLを五両買ったという話しか伝わって来ませんね」

「そうか」

「ただ、新日本企画ですが、顧問役に、平野《ひらの》代議士がなっています。社長の親友だそうですが」

「平野代議士といえば、暴力団との関係が噂されている男じゃないか」

「そうですね。すると、今度の件には、平野代議士が、一枚、嚙《か》んでいるんでしょうか?」

と、亀井は、いってから、

「とにかく、これから、西本《にしもと》刑事と、下松へ行って来ます」

と、つけ加えた。

「私と、日下刑事は、なるべく早く、日本に戻るよ」

と、十津川は、いった。

2

亀井は、西本刑事を連れて、羽田へ行き、一四時〇〇分発の広島行の便に乗り込んだ。

広島空港へ着いたのは、十五時三〇分である。

すぐ、JR広島駅へ向かい、十六時〇五分発の山陽本線の下り普通列車に乗った。

各駅停車である。下松駅に着いたのは、十七時五〇だった。

すでに、街には、夕闇《ゆうやみ》が漂《ただよ》っていた。

下松港に行き、問題の貨物船の入港時間を調べると、明朝九時に、入るということだった。

亀井たちは、近くの旅館に泊まり、朝を待つことにした。

下松港に着いた五両の機関車と、客車一両は、笠戸工場で、台車を狭軌のものに交換し、千葉まで、JRのレールを使って、運ぶと伝えられている。

新日本企画は、西千葉に、巨大な遊園地を、建設中で、そこに、ロシアの旧型のSLを、並べると、亀井は、聞いていた。

夕食のあと、亀井は、東京に残っている刑事に、平野代議士の動きを、監視するように伝えた。内密の捜査をと、上からいわれていたのだが、佐伯警部の死が、確認され、その上、大量の拳銃などが、密輸されようとしている今、それを、守っている余裕はなくなっていた。

夜おそくなっても、亀井は、なかなか眠ることができず、窓を開けて、港の方に、眼をやった。

（おや？）

と、思ったのは、港の入り口に、外車が停まっていて、そのナンバープレートが、東京のものだったからである。

午後十時頃には、見えなかったから、そのあとで、やって来たのだ。

車は、黒のベンツである。車内は暗くしているので、乗っている人間は、見えない。

（K組の車だろうか？）

亀井は、眼を凝らして、ナンバーを読み、夜半だったが、東京に電話し、明日になったら、そのナンバーの持ち主を調べるように、指示した。

翌朝、午前七時に朝食をとり、亀井は、西本と、旅館を出て、港に向かった。

車両工場の専用埠頭《ふとう》がある。機関車を積んだ二万トンの貨物船は、沖合に着き、そこからは、艀《はしけ》が、二両ずつの機関車を、専用埠頭に、運ぶことになるのだろう。オリエント急行の時も、そうしたからである。

夜半に見たベンツは、いつの間にか、消えていた。

「あの船じゃありませんか？」

と、西本が、沖合の大きな船を、指さした。

亀井は、持って来た小型の双眼鏡で、見てみた。「双栄丸《そうえいまる》」の船名が、読めた。

「確かに、あの船だ」

と、亀井は、うなずいた。

大型の艀が、近づいて行く。

「工場の中で、待とう」

と、亀井は、いい、西本と一緒に、警察手帳を見せて、工場の中に、入って行った。

工場長に、事情を話した。工場長も、オリエント急行の時のことがあるので、顔色を変えて、協力を、約束してくれた。

亀井と西本は、工場長と一緒に、専用埠頭で、待つことにした。

やがて、最初の二両の機関車が、艀で、運ばれて来て、埠頭に、陸揚げされた。

埠頭から、工場まで、レールが敷かれており、特別の台車の上に載せられて、運ばれる。

五両の機関車と、一両の客車が、工場に運ばれてから、工場長が、工員たちに、詳しい点検を命じた。

その点検作業に、亀井たちも、参加した。

まず、チェコ製の客車だった。天井や、床を剝《は》がし、座席を、調べていった。だが、百丁どころか、一丁の拳銃も、見つからなかった。

次は、五両のSLである。

日本のD51を見た時は、大きなものだと感心したのだが、ソビエトからやって来たSLは、もっと巨大だった。

（これなら、罐《かま》の中に、何百丁でも、拳銃を隠すことができそうだ）

と、亀井は、思った。

工員たちが、罐の扉を開けた。水は、当然、抜いてある。亀井は、その一つ一つに、自分で、中に入り、徹底的に、調べてみた。

五両の機関車の罐を、全て、調べた。円筒型の巨大な罐をのぞくと、SLというのは、何かを隠す場所は、ほとんどないことに、亀井は、気がついた。

あとは、運転室くらいか。そこも、もちろん、入念に調べたのだが、一丁の拳銃も一発の実弾も、発見できなかった。

これが、金の密輸なら、SLのある部分を、金と、すり換えるということも可能だろうが、何といっても、百丁を超《こ》す拳銃なのだ。

「おかしいな」

と、亀井は、首をかしげた。

十津川が、間違えるとは、思えなかった。藤本老人の話もある。新日本企画が、買い込んだ五両の旧型SLと、一両の客車のどれかに、拳銃や実弾、或いは、その他に、バズーカなども、積み込んだことは、間違いないはずだった。

十津川は、巨大な罐の中に隠したと見ているようだったのだが、五両のどれにも、隠されてはいなかったのだ。

工場長が、亀井の傍に来て、

「何も見つかりませんが、これから、どうしますか？　五両とも、同じ構造なので、どれか一両を、完全に分解して、隠すような場所があるかどうか、調べてみましょうか？」

と、きいた。

「組み立て直すのが、大変じゃありませんか？」

亀井が、心配してきくと、工場長は、ニッコリ笑って、

「われわれの技術を、信用してください」

「じゃ、頼みます」

と、亀井は、いい、五両の中の一両を、彼が、決めた。その一両だけ、解体作業のために、別の場所に運ばれた。

工員たちは、珍しいソビエトの機関車を、解体できることを、楽しんでいるように見えた。

その作業中に、十津川と、日下刑事が、顔を出した。

今朝早く、アエロフロートで、三週間ぶりに、帰国し、この下松へ、駆けつけたのだという。

十津川も、拳銃が見つからないという亀井の話に、狼狽《ろうばい》の色を、隠さなかった。彼は、瞬間、シベリアの原野を、さまよったことを、思い出した。連中が、十津川と日下を、殺そうとしたのは、五両のSLと、一両の客車に、大量の拳銃などを隠して、日本に、密輸しようとしたからに、違いないのである。何もないのなら、十津川たちを、殺そうとはしなかったろう。

指定した機関車は、驚くほどのスピードで、解体が、進んで行った。

十津川たちは、解体された部分を、一つ一つ、丁寧《ていねい》に調べていった。だが、拳銃は、見つからない。

「他の車両も、解体しますか？」

と、工場長が、きいてくれた。

「いや、もう十分です」

と、十津川は、いい、亀井たちを、工場の外へ連れ出した。

「やられたんだ」

と、十津川は、部下の刑事たちに、いった。

「どんなふうにですか？」

「ウラジオストクから運んで来た貨物船だよ。双栄丸は、どこの船なんだ？」

「N海運の所属です。新日本企画とは、関係ありません」

と、亀井が、答えた。

「しかし、今度の航海は、どこかの会社が、チャーターしたんじゃないのか？」

「調べてみます」

と、亀井は、いい、電話のあるところへ、駆けて行った。
七、八分して、飛んで戻ってくると、
「チャーターしたのは、かおる交易という会社で、ウラジオストクから、木材などを運ぶことになっているそうです」

「新日本企画が、それに便乗して、SLを、運ばせたということか」

「それだけじゃありません」

「と、いうと？」

「かおる交易というのは、どうも、新日本企画の子会社らしいのです」

「子会社？」

また、十津川の顔色が、変わった。

「畜生！」

と、十津川は、舌打ちしてから、亀井たちに、

「自分のところで、チャーターした船なら、どんな人間でも、乗せていけるんじゃないだろうか。極端なことをいえば、K組の人間だってだよ」

「すると、船上で、拳銃なんかは、SLから他へ移されてしまったということですか？」

と、亀井が、きいた。

「それしか考えられないよ。たぶん、他の船に移されて、この下松じゃなく、他の港へ運ばれたんだ」

と、十津川は、いった。

「昨夜、怪《あや》しげなベンツが、港の入口に停まっていましたが――」

「双栄丸は、夜半に、沖合に着き、夜が明けてから、SLを、陸揚げすることになっていたと思うから、車は、沖合の船に、合図を送るために、停まっていたんじゃないかね」

「どうしますか？」

西本刑事が、強い眼で、十津川を見た。

「双栄丸は、今、何処だ？」

「輸入した木材などを下ろすので、大阪港に向かっているはずです」

「何とかして、双栄丸に、乗り込みたい。拳銃などを、どうしたか、聞き出すんだ！」

十津川は、大声で、いった。

海上保安庁に、協力を要請した。その結果、呉《くれ》から、ヘリコプターを飛ばしてくれることになった。

十津川と、亀井が、タクシーを、呉まで飛ばした。

すぐ、待機してくれていたヘリコプターに乗り込んだ。

「双栄丸の位置は、わかっているんですか？」

と、十津川は、きいた。

「わかっています。すぐ追いつきますが、ヘリは、甲板《かんぱん》に下りられませんから、救命ロープを使って、降りてもらうことになります」

と、機長が、いう。

「私は、高所恐怖症なんだが」

十津川が、いうと、機長は、笑って、

「じゃあ、眼をつぶっていてください。われわれが、ちゃんと、降ろして差し上げますよ」

と、いった。

ヘリは、勢よく、舞い上がった。

第二四章　夜の別荘

1

十津川を乗せたヘリは、海面すれすれに、猛スピードで、飛ぶ。瀬戸内海を走る船が、あっという間に、彼方に、消えていく。

十津川は、ヘリが、こんなに早く飛ぶものだとは、知らなかった。

たちまち、双栄丸に追いついた。相手の上空を旋回しながら、マイクで、呼びかける。

「双栄丸！　停船せよ。こちらは、海上保安庁」

船足が落ちるのが見え、やがて、停船した。

十津川は、上空に待機していてくれるように頼んでから、救命ロープを使って、双栄丸の甲板に、降りて行った。

上空では、ヘリが、ホバリングしてくれている。

甲板に着くと、十津川は、警察手帳を見せて、船長に会いたいと、大声で、いった。

船長室に、連れて行かれた。五十五、六歳の小柄な船長だった。

十津川は、わざと最初から、威圧的に出た。

「われわれに協力してくれないと、全員を逮捕せざるを得ない。何しろ、君たちは、法律で禁止されている武器の密輸に手を貸したんだからね」

「私も、船員も、何も知らないんだ」

と、船長は、いった。

「しかし、下松港の沖合に仮泊していたとき、かおる交易の人間が、乗り込んで来たはずだよ」

「ああ、チャーターしている会社だから、当然だ。小型の船でやって来て、機関車を点検したいといった。だから、船倉へ案内したよ」

「点検って何の点検だ？」

「自分たちが、買ったSLが、要求通りのものかどうか、点検するといっていた。かおる交易の親会社が、買ったものだから、当然だと思ったよ」

「その作業には、あんたか、誰か、立ち会ったのか？」

「私たちは、船のことだけに責任を負っている。積荷は、かおる交易と、その親会社の問題だ」

「つまり、立ち会わなかったんだな？」

「イエス」

「かおる交易の船は、今、何処にいる?」

「私は知らないが、横浜に行くといっていた」

「どんな船だ?　船名は?」

「三十九フィートの高速モーターボートだ。色は白で、船名は、確か、はやぶさだった。かおる交易の社長の自家用クルーザーだといっていたよ。船外機を大馬力に交換してあるから、三十ノットは出ると、自慢していたね」

「嘘《うそ》をついていないな?」

「嘘をついても、仕方がないだろう」

と、船長は、肩をすくめた。

2

十津川は、ヘリに戻った。だが、横浜までは、飛ぶことができないと、いわれた。

「それに、三十九フィートのクルーザーで、横浜まで運ぶというのは、信じられませんね」

と、機長は、いった。

最高三十ノットが出るといっても、危険な品物を積んで、延々と、瀬戸内を走り、紀《き》州《しゅう》沖を抜けて、横浜まで行くというのは、非常識だというのである。

「同感です」

と、十津川も、うなずいた。

双栄丸の船長に、横浜へ行くといったのは、警察が調べた時への陽動作戦だろう。

（だが、何処で、陸揚げする気なのか？）

たぶん、どこかのヨットハーバーが、使われるだろうが、陸揚げは、暗くなってからではないか。

十津川は、ヘリの無線を借りて、呉に待機している、亀井に連絡を取った。

「かおる交易の社長の別荘と、彼の所有するヨットハーバーを、至急、見つけ出してくれ」

と、十津川は、いった。

連絡を取っている間も、ヘリは、呉に戻って行く。

その途中で、亀井から、連絡が入った。

「かおる交易の社長、村田保太郎《むらたやすたろう》は、もともと、関西の人間で、南紀白浜《しらはま》に、別荘を持っています。ヨットハーバーもあります」

「たぶん、そこだ」

と、十津川は、いった。

機長は、今から白浜までは、飛ぶことは、不可能だという。

十津川は、無線を使って、亀井に、

「広島空港から、南紀白浜まで、飛行機を飛ばせるように、交渉してみてくれ。小さな飛行機でいいんだ」

「県警にも、当たってみます」

と、亀井は、いった。

ヘリは、呉の海上保安庁の管区本部に着いた。

待っていた亀井が、

「飛行機が、何とか、手配できました。広島県警が、用意してくれました。双発のビーチクラフトですが」

と、いう。

「すぐ、出発できるのか？」

「広島空港で、待機してくれています。日下刑事たちも、向こうに行っています」

と、亀井は、いった。

タクシーを、広島空港に向かって、飛ばした。

空港の隅に、双発のビーチクラフト機が、待機していた。

広島県警の刑事が、十津川たちを迎えてくれた。

「費用は、警視庁に、請求してください」

と、十津川は、その刑事にいって、乗り込んだ。亀井と、日下、それに西本刑事も、同行することになった。

空港タワーのOKが出て、双発のビーチクラフト機は、滑走に移り、飛び上がった。

「白浜で、大丈夫ですか？」

若い西本刑事が、十津川を見た。

「他には考えられないよ」

と、十津川は、強い声で、いってから、

「万一に備えて、拳銃の点検をしておけ」

と、いった。十津川と、日下は、拳銃を持たずに、ドイツ、ソビエトに行っていたので、広島県警で、借りていた。

途中で、かなり揺れたが、一時間少しで、南紀白浜空港に、着陸した。

空港には、広島県警が、連絡しておいたとみえて、和歌山県警の相川《あいかわ》警部と、刑事五人が、迎えに来てくれていた。

「村田社長の別荘を、監視させています。今のところ、まだ、白いクルーザーは、入っていません」

と、相川は、いった。

和歌山県警の用意してくれた車に分乗して、十津川たちは、村田の所有している別荘に向かった。

海岸に建てられた、洒落《しゃれ》た別荘である。個人用の桟橋も、沖に向かって、作られている。

県警の刑事二人が、雑木林の中から、双眼鏡を使って、監視していた。

「今、別荘の中には、五、六人の人間がいます」

と、刑事の一人が、相川に、報告した。

すでに、午後四時を過ぎている。が、桟橋は、カラのままだった。

午後五時過ぎに、ベンツが、到着し、二人の男が降りて、別荘の中に入った。

下松港で、亀井が、目撃したベンツである。ナンバーから、関東地方を勢力範囲にしている暴力団の組長の車だと、わかっている。

午後六時。まだ、クルーザーが、現われない。

その代わりに、幌《ほろ》をつけた大型トラックが一台、到着した。着々と、輸送の準備を、整えている感じである。

陽《ひ》が落ちてきた。桟橋の先端に、明かりがつけられた。

「間もなくだな」

と、十津川は、小声で、亀井に、いった。

夜の暗さに乗じて、拳銃などが、陸揚げされると、十津川は、思っているからだ。

暗くなった。

白浜の町から離れているので、別荘の周囲は、暗い。ただ、別荘の建物と、桟橋にだけは灯がついていて、明るく、目立つ。たぶん、船からも、よく見えるだろう。

沖から、エンジン音が聞こえてきた。

十津川は、県警の刑事の貸してくれた双眼鏡を、眼に当てた。

暗い海から、白いものが、ゆっくり、桟橋に近づいて来るのが見えた。次第に、それは、優雅な白い大型クルーザーの形を、取ってきた。

クルーザーが、桟橋に繋留《けいりゅう》し終えると、別荘から、男たちが出て来て、荷物を、降ろし始めた。

「まだだ」

と、十津川は、小声で、いった。

荷物は、大きな布袋に入っているように見える。それを、二人一組になった男たちが、重そうに担いで、桟橋の袂《たもと》に駐《と》めてある大型トラックまで、運んでいく。

「行きましょう」

と、十津川は、小声で、相川警部に、囁《ささや》いた。

刑事たちは、雑木林のはずれまで、身を隠して前進し、出たあとは、いっきに、トラックに向かって、突進した。

相川警部が、マイクで、

「われわれは、完全に包囲したぞ、その場で手を上げるんだ！」

と、怒鳴った。

とたんに、トラックの横にいた男が、拳銃を取り出して、撃《う》ってきた。

乾いた拳銃の発射音が、ひびく。

「バカヤロウ！」

と、亀井が、大声で、怒鳴り、射ち返した。

ベンツが、突然、走り出した。

栈橋に停まっていたクルーザーも、急にエンジンをふかして、動き始めた。

「海は大丈夫です。海上保安庁が、封鎖してくれています」

と、相川が、甲高い声で、いった。

「それなら、車を！」

と、十津川が、叫んだ。

十津川と、亀井が、県警のパトカーのところへ走り、飛び乗った。

エンジンをかける。唸《うな》り声をあげて、チューンアップしたパトカーが、走り出した。

深夜の国道を、ベンツが、逃げる。けたたましく、サイレンを鳴らして、亀井の運転するパトカーが、追いかける。

十津川は、無線電話に向かって、叫び続けた。

「犯人のベンツが、国道を、和歌山方面に向かって逃走中。色は黒、ナンバーは、東京・品川の――」

ベンツは、有に、一五〇キロを超すスピードで、走る。対向車がブレーキの悲鳴をあげて、よけようとして、国道の外に、放り出されて、横転した。

「この野郎！」

と、亀井が、怒鳴る。怒鳴りながら、アクセルを、踏み込む。

十津川は、窓から手を出し、相手のタイヤを狙《ねら》って、撃とうとするが、猛烈な風圧で、手先がぶれて、命中しない。

ベンツのリア・シートからも、撃ち返してきた。

五キロ、十キロと、追跡が、続く。

無線電話に、待っていた声が、飛び込んできた。

――××地点で、国道を封鎖した。

××地点が、何処なのか、十津川には、見当がつかない。だが、こちらの連絡に対しての答えだから、この国道上のどこかには違いないのだ。

突然、ベンツが、右にハンドルを切った。右の脇道《わきみち》に、逃げ込もうとしたのだろうが、一五〇キロを超す猛スピードでは、曲がり切れなかった。

鉄筋コンクリートの電柱に、激突。

亀井が、急ブレーキを踏み、十津川は、振り返った。

電柱は、折れ曲がり、ベンツは、前部を破壊されて、停まっていた。

道路を封鎖していた県警の刑事たちが、こちらに向かって、走って来るのが見えた。

ベンツに乗っていたのは、K組の幹部二人だった。運転していた男は死亡し、リア・シートにいた男は、重傷を負っていた。

かおる交易の社長の別荘では、武器を積み込んだトラックが、県警によって、押さえられた。

押収された武器は、トカレフ拳銃百丁、AK47自動小銃五十丁。実弾五千発。手榴弾百発。ソビエト製のバズーカ五丁と、弾丸二十発である。

クルーザーは、沖で、海上保安庁に捕まった。

運転していたのは、かおる交易社長の秘書で、船室には、東ドイツから、日本に亡命した、ハインリッヒがいた。

彼が、スーツケースに入れて持っていたのは、二百万ドルのアメリカドルである。

ハインリッヒは、なぜ、武器の密輸に手を染《そ》めたのかという質問に対して、

「統一ドイツでは、私のような元東ドイツ人は、二級国民になってしまう。それには、私

の誇りが許さない。だから、友人と計画して、余ったソビエトの武器を日本に密輸して、日本の暴力団に売りつけることにした。今の世界で、武器を、一番高く買ってくれるのは、日本の暴力団だからだ」

と、答えている。

彼は、第一回目の密輸を、オリエント急行を利用して行なったとき、松井代議士が、協力してくれることになっていたとも、陳述した。

しかし、この自供は、公表されなかった。すでに、松井代議士が死亡していて、真偽不明という理由だった。

今回の密輸については、新日本企画が、関与しているのではないかという疑惑が持たれたが、これも、子会社かおる交易の社長が、勝手にやったことになった。

藤川夫妻にも、事情聴取が、なされたが、証拠不十分で、逮捕には、至らなかった。

十津川にとっては、不満な幕切れだった。

ただ一つ、彼が嬉《うれ》しかったのは、シベリアで世話になった藤本老人の家族が、現在、千葉に住んでいると、わかったことである。

もう一度、あの老人に会えるかもしれない。

（本作品はフィクションであり、実在の個人・団体などとは一切関係がありません）

（この作品『オリエント急行を追え』は平成五年九月角川文庫から刊行されたものです）

オリエント急行を追え

一〇〇字書評

切り取り線

購買動機（新聞、雑誌名を記入するか、あるいは○をつけてください）

- □（　　　　　　　　　　　　　　　）の広告を見て
- □（　　　　　　　　　　　　　　　）の書評を見て
- □ 知人のすすめで　　　　　□ タイトルに惹かれて
- □ カバーが良かったから　　□ 内容が面白そうだから
- □ 好きな作家だから　　　　□ 好きな分野の本だから

・最近、最も感銘を受けた作品名をお書き下さい

・あなたのお好きな作家名をお書き下さい

・その他、ご要望がありましたらお書き下さい

住所	〒				
氏名		職業		年齢	
Eメール	※携帯には配信できません		新刊情報等のメール配信を 希望する・しない		

この本の感想を、編集部までお寄せいただけたらありがたく存じます。今後の企画の参考にさせていただきます。Eメールでも結構です。

いただいた「一〇〇字書評」は、新聞・雑誌等に紹介させていただくことがあります。その場合はお礼として特製図書カードを差し上げます。

前ページの原稿用紙に書評をお書きの上、切り取り、左記までお送り下さい。宛先の住所は不要です。

なお、ご記入いただいたお名前、ご住所等は、書評紹介の事前了解、謝礼のお届けのためだけに利用し、そのほかの目的のために利用することはありません。

〒一〇一－八七〇一
祥伝社文庫編集長　加藤　淳
電話　〇三（三二六五）二〇八〇

祥伝社ホームページの「ブックレビュー」からも、書き込めます。
http://www.shodensha.co.jp/bookreview/

上質のエンターテインメント
を！ 珠玉のエスプリを！

祥伝社文庫は創刊十五周年を迎える二〇〇〇年を機に、ここに新たな宣言をいたします。いつの世にも変わらない価値観、つまり「豊かな心」「深い知恵」「大きな楽しみ」に満ちた作品を厳選し、次代を拓く書下ろし作品を大胆に起用し、読者の皆様の心に響く文庫を目指します。どうぞご意見、ご希望を編集部までお寄せくださるよう、お願いいたします。

二〇〇〇年一月一日 祥伝社文庫編集部

祥伝社文庫

オリエント急行《きゅうこう》を追《お》え

平成二十三年二月十五日 初版第一刷発行

著者 西村京太郎《にしむらきょうたろう》
発行者 竹内和芳
発行所 祥伝社
東京都千代田区神田神保町三-六-五
九段尚学ビル 〒一〇一-八七〇一
電話 〇三（三二六五）二〇八一（販売部）
電話 〇三（三二六五）二〇八〇（編集部）
電話 〇三（三二六五）三六二二（業務部）
http://www.shodensha.co.jp/
印刷所 堀内印刷
製本所 関川製本
カバーフォーマットデザイン 芥 陽子

Printed in Japan ©2011, Kyōtarō Nishimura ISBN978-4-396-33637-0 C0193

西村京太郎ファンクラブのお知らせ

会員特典（年会費2200円）

◆オリジナル会員証の発行
◆西村京太郎記念館の入場料半額
◆年2回の会報誌の発行（4月・10月発行、情報満載です）
◆抽選・各種イベントへの参加（先生との楽しい企画考案中です）
◆新刊・記念館展示物変更等のハガキでのお知らせ（不定期）
◆他、追加予定!!

入会のご案内

■郵便局に備え付けの郵便振替払込金受領証にて、記入方法を参考にして年会費2200円を振込んで下さい　■受領証は保管して下さい　■会員の登録には振込みから約1ヶ月ほどかかります　■特典等の発送は会員登録完了後になります

［記入方法］**1枚目**は下記のとおりに口座番号、金額、加入者名を記入し、そして、払込人住所氏名欄に、ご自分の住所・氏名・電話番号を記入して下さい

郵便振替払込金受領証　窓口払込専用

口座番号		金額	料金（消費税込み）	特殊取扱
00230-8	17343	2200		

加入者名：西村京太郎事務局

2枚目は払込取扱票の通信欄に下記のように記入して下さい

通信欄
(1) 氏名（フリガナ）
(2) 郵便番号（7ケタ）※必ず7桁でご記入下さい
(3) 住所（フリガナ）※必ず都道府県名からご記入下さい
(4) 生年月日（19××年××月××日）
(5) 年齢　(6) 性別　(7) 電話番号

※なお、申し込みは、郵便振替払込金受領証のみとします。
メール・電話での受付は一切致しません。

■お問い合わせ（西村京太郎記念館事務局）
TEL 0465-63-1599

祥伝社文庫　今月の新刊

西村京太郎　**オリエント急行を追え**
十津川警部、特命を帯び、激動の東ヨーロッパへ。

藤谷　治　**マリッジ・インポッシブル**
努力なくして結婚あらず！痛快ウエディング・コメディ。

五十嵐貴久　**For You**
急逝した叔母の生涯を懸けた恋とは。感動の恋愛小説。

南　英男　**暴れ捜査官**　警視庁特命遊撃班
善人にこそ、本当のワルが！人気急上昇シリーズ第三弾。

渡辺裕之　**聖域の亡者**　傭兵代理店
中国の暴虐が続くチベットに傭兵チームが乗り込む！

草凪　優　**ろくでなしの恋**
「この官能文庫がすごい！」受賞作に続く傑作官能ロマン。

白根　翼　**婚活の湯**
二八歳独身男子、「お見合いバスツアー」でモテ男に…？

鳥羽　亮　**京洛斬鬼**　介錯人・野晒唐十郎〈番外編〉
幕末動乱の京で、鬼が哭く。孤高のヒーロー、ここに帰還。

辻堂　魁　**月夜行**　風の市兵衛
六十余名の刺客の襲撃！姫をつれ、市兵衛は敵中突破！

岡本さとる　**がんこ煙管《ぎせる》**　取次屋栄三
「楽しい。面白い。気持ちいい作品」と細谷正充氏、絶賛！

野口　卓　**軍鶏《しゃも》侍**
「彼はこの一巻で時代小説の最前線に躍り出た」―縄田一男氏。

鳥羽　亮　新装版　**鬼《き》哭《こく》の剣**　介錯人・野晒唐十郎
鳥羽時代小説の真髄、大きな文字で、再刊！

鳥羽　亮　新装版　**妖《あやか》し陽炎《かげろう》の剣**　介錯人・野晒唐十郎
鬼哭の剣に立ちはだかる、妖気燃え立つ必殺剣――。

鳥羽　亮　新装版　**妖鬼飛蝶の剣**　介錯人・野晒唐十郎
華麗なる殺人剣と一閃する居合剣が対決！